風《ふう》刃《じん》の舞

北町奉行所捕物控①

長谷川 卓

目次

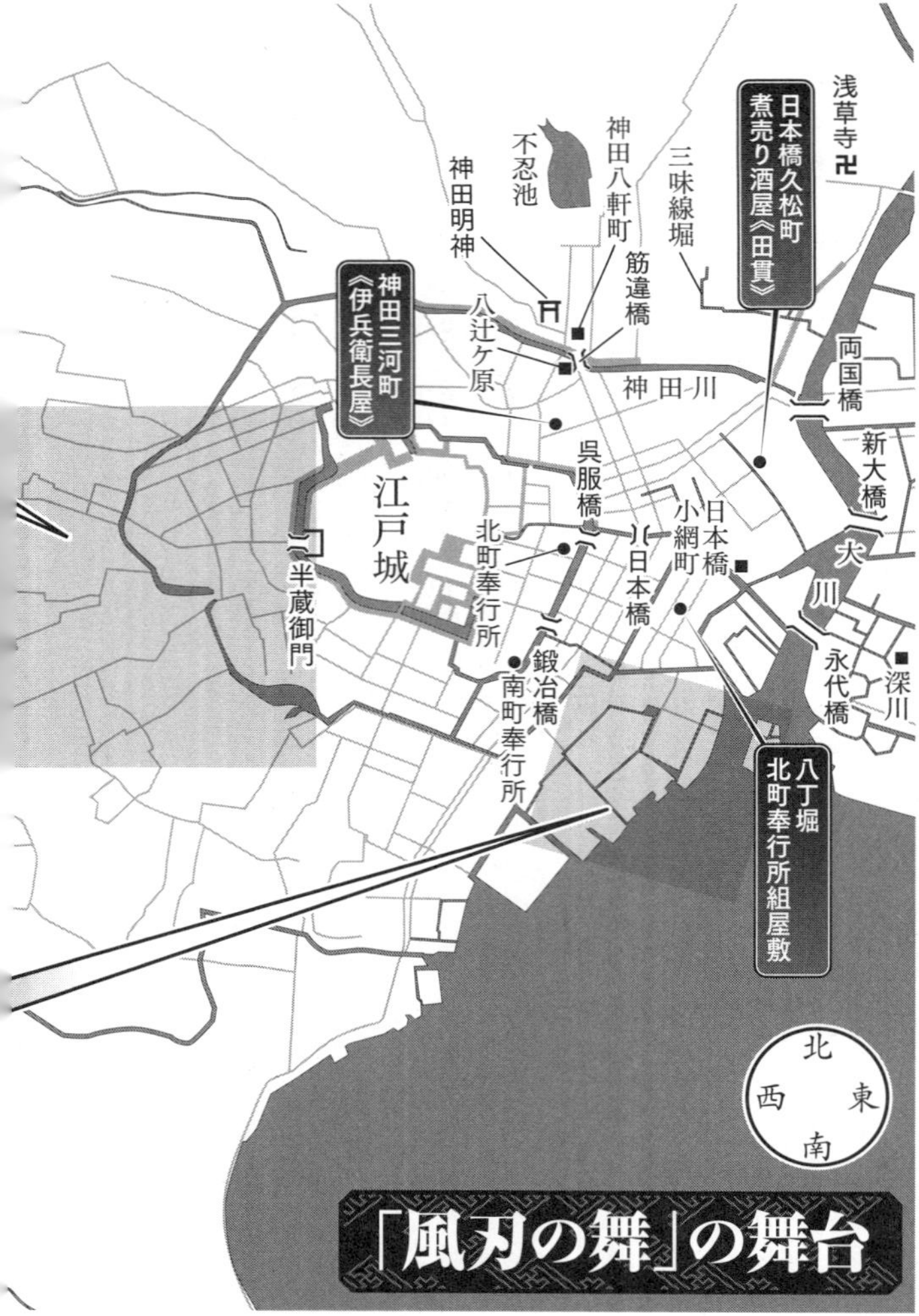
浅草寺
日本橋久松町
煮売り酒屋《田貫》
三味線堀
神田八軒町
不忍池
神田明神
筋違橋
八辻ケ原
神田三河町
《伊兵衛長屋》
神田川
両国橋
新大橋
呉服橋
江戸城
北町奉行所
日本橋
小網町
日本橋
大川
半蔵御門
鍛冶橋
南町奉行所
永代橋
深川
八丁堀
北町奉行所組屋敷
北
西
東
南
「風刃の舞」の舞台

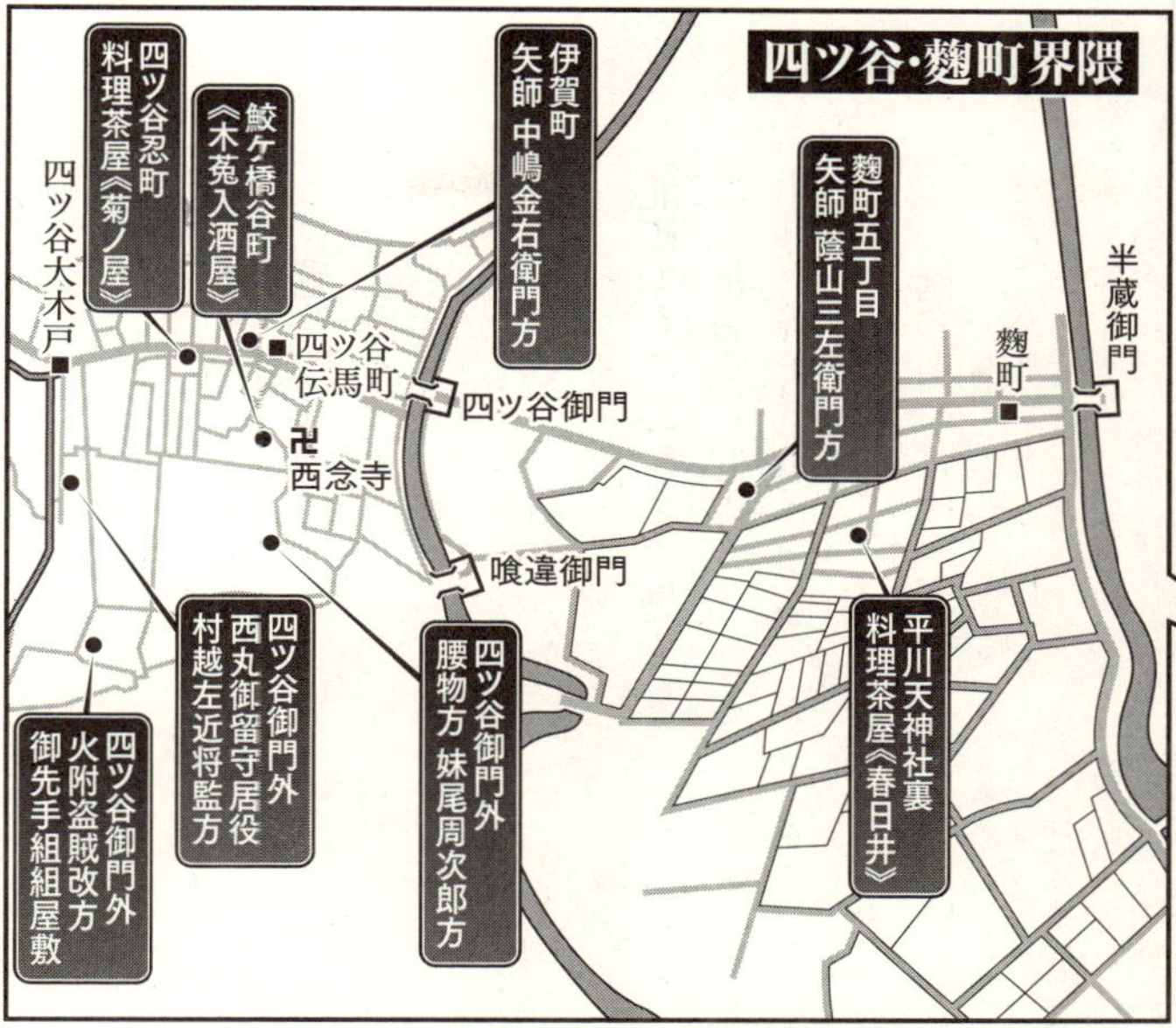
四ツ谷・麴町界隈
四ツ谷忍町
料理茶屋《菊ノ屋》
鮫ヶ橋谷町
《木菟入酒屋》
伊賀町
矢師 中嶋金右衛門方
麴町五丁目
矢師 蔭山三左衛門方
四ツ谷大木戸
四ツ谷伝馬町
四ツ谷御門
西念寺
喰違御門
半蔵御門
麴町
平川天神社裏
料理茶屋《春日井》
四ツ谷御門外
腰物方 妹尾周次郎方
四ツ谷御門外
西丸御留守居役
村越左近将監方
四ツ谷御門外
火附盗賊改方
御先手組組屋敷

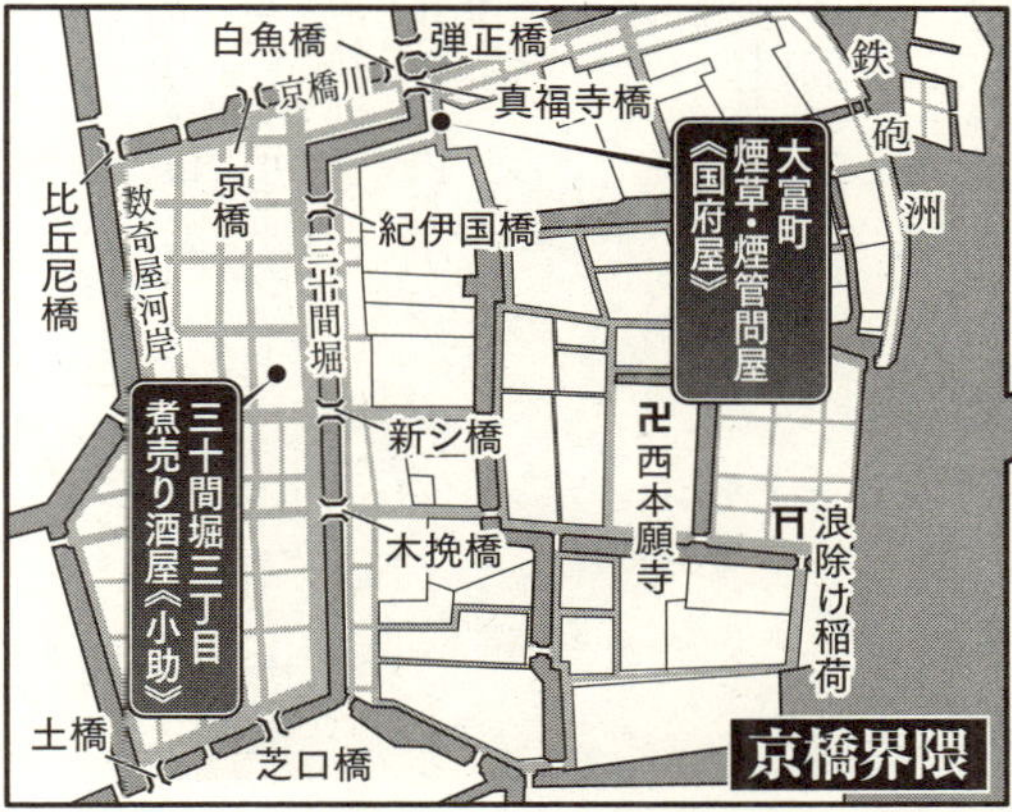
京橋界隈
白魚橋
弾正橋
京橋川
真福寺橋
鉄砲洲
大富町
煙草・煙管問屋
《国府屋》
比丘尼橋
京橋
数奇屋河岸
紀伊国橋
三十間堀
三十間堀三丁目
煮売り酒屋《小助》
新シ橋
西本願寺
浪除け稲荷
木挽橋
土橋
芝口橋

【登場人物紹介】

北町《きたまち》奉行所《ぶぎょうしょ》臨時《りんじ》廻《まわ》り同心《どうしん》
鷲津《わしづ》軍兵衛《ぐんべえ》
妻女　お栄《えい》
息《そく》　竹之介《たけのすけ》
岡《おか》っ引《ぴき》　小網町《こあみちょう》の千吉《せんきち》
下《した》っ引《ぴき》　留松《とめまつ》、新六《しんろく》、佐平《さへい》

北町奉行所臨時廻り同心
加曾利《かそり》孫四郎《まごしろう》

北町奉行所定廻《じょうまわ》り同心
小宮山《こみやま》仙十郎《せんじゅうろう》
岡っ引　神田八軒町《かんだはちけんちょう》の銀次《ぎんじ》
下っ引　義吉《よしきち》、忠太《ちゅうた》

北町奉行所定廻り同心
岩田《いわた》巌《がん》右衛門《えもん》

北町奉行所年番方《ねんばんかた》与力《よりき》
島村《しまむら》恭介《きょうすけ》

北町奉行所内《うち》与力
三枝《さいぐさ》幹之進《みきのしん》

腰物方《こしものかた》
妹尾《せのお》周次郎《しゅうじろう》景政《かげまさ》
中間《ちゅうげん》　源三《げんぞう》

火附盗賊《ひつけとうぞく》 改方《あらためかた》

長官　松田《まつだ》善左衛門《ぜんざえもん》勝重《かつしげ》

同心　土屋《つちや》藤治郎《とうじろう》

西丸御留守居役《にしのまるおるすいやく》

村越《むらこし》左近 将監《さこんしょうげん》氏周《うじちか》

次男　村越源次郎《げんじろう》

用人《ようにん》　脇坂久蔵《わきさかきゅうぞう》

盗賊

夜泣《よな》きの惣五郎《そうごろう》

片貝《かたがい》の儀十《ぎじゅう》

猫間《ねこま》のお時《とき》

第一章　棒手振《ぼてふり》

一

風が鳴った。

北町奉行所定廻り同心《きたまちぶぎょうしょじょうまわりどうしん》・小宮山仙十郎《こみやませんじゅうろう》は、吹き付けて来る土埃《つちぼこり》から顔を背《そむ》けた。

安永《あんえい》四年（一七七五）二月——。

仙十郎はこの時期の埃っぽい風が嫌いだった。

髷《まげ》を小銀杏《こいちょう》に結い、着流しに三ツ紋付きの黒羽織《くろばおり》。その羽織の裾《すそ》を帯に挟み上げて丈《たけ》を詰め、袖《そで》はカンヌキ差しにした刀の柄《つか》にのせる。その小粋《こいき》な姿が風に煽《あお》られ台無しだった。巻《まき》羽織は風を孕《はら》んで河豚《ふぐ》のように膨《ふく》れ上がってしまっている。

舌打ちしたいのを堪《こら》え、仙十郎は身体を前に傾《かたむ》けて足を踏み出した。

しかし、見回りを嫌だと思ったことは、ただの一度もなかった。

毎日決まった頃合《ころあい》に決まった道を歩き、町屋の者の暮らしに変わりがないかを見て回る。

十二の歳《とし》に見習いとして奉行所に出仕《しゅっし》し、諸役《しょやく》の仕事を学んで二十六年。三十八歳という若さで定廻り同心になれたのも、この務めが、見回りが好きだったからだと思う。父の跡を継ぎ、定廻りになって二年余、四十歳になる。

丁稚《でっち》が通りに水を撒《ま》き、土埃を抑えている。柄杓《ひしゃく》から水が粒になって飛ぶ。跳《は》ねるようにして水を避け、町屋の者どもが駆けて行く。皆が生き生きとしていた。

それにしても、ひどい風だった。

五ツ（午前八時）前、奉行所に着いた頃は、風はそよとも吹いていなかった。風が吹き始めたのは五ツ半（午前九時）を回った頃からだったろうか。四ツ（午前十時）の鐘《かね》が鳴る頃には、時折《ときおり》突風が吹いて来た。どこかで火の手が上がれば、江戸は火の海になるだろう。

（よう注意しておかねばなるまいな）

先頭を行く岡《おか》っ引《ぴき》・神田八軒町《かんだはちけんちよう》の銀次《ぎんじ》に、自身番《じしんばん》の者どもに伝えるよう命じた。四人の下っ引が、親分に倣《なら》って承知の旨《むね》を声に発した。

仙十郎を挟んで前に銀次と下っ引の義吉《よしきち》と忠太《ちゆうた》が、後ろに御用箱を担《かつ》いだ中間《ちゆうげん》と、この日はもうふたり下っ引が付き従っていた。銀次が十手《じつて》仲間から、見回りの供として歩かせちゃくれねえか、と頼まれ、仙十郎の許しを得て預かった下っ引だった。このようなことは、よくあった。下っ引の顔を市中の者に見せ、信用を付けさせるためでもあったが、助《す》けとして探索に力添えし合う時のためでもあった。

これら供の者のうち奉行所が雇い入れたのは、中間だけだった。

岡っ引には二種類あった。小者《こもの》として奉行所が存在を認めていた者と、同心が個人的に雇い入れたとして、存在すら認めていない者である。

小者として認められた岡っ引には、身分証である同心名で発行された手札《てふだ》が与えられ、年一分《ぶ》という微々《びび》たる金額だったが、奉行所から給与も出た。

手札のない岡っ引は、同心に協力することで手札を貰《もら》い受けようとしている者で、同心は小遣い銭を与えるなどして、暮らし向きの面倒を見ながら土地の裏事情に詳しい彼らを手先として使ったのである。岡っ引には、裏の世界を知り抜いた者が多く、またそのような者でなければ岡っ引にはなれなかったのだとも言える。

仙十郎の亡父から手札を貰った銀次は、町屋の者に集《たか》るような真似《まね》はせず、女房が営《いとな》む仕出し屋の上がりで手下を養っている評判の良い男だった。

空の高みで、風が唸《うな》った。

最初に気付いたのは、手下の義吉だった。

立ち止まり、空を仰《あお》いだまま、それが何なのか見定めようとしている。

義《よし》、と銀次が呼び掛けたと同時に、義吉が空を指さした。

「親分、ありゃあ、矢ですかね？」

「何だと」

銀次が、義吉の指さす虚空《こくう》に目を遣《や》った。黒い点が見えた。点は見る間《ま》に黒い線になった。尻《しり》には、確かに矢羽《やばね》が付いている。

「旦那《だんな》」

銀次の緊迫した声が、風を避け俯《うつむ》いていた仙十郎の顔を上げさせた。

「どうした？」

「あれを……」

銀次の目を追った仙十郎の目が大きく見開かれた。

「ありゃあ、矢でございますよね」

「…………」

ここは野《の》っ原《ぱら》ではない。半蔵御門《はんぞうごもん》を西に下り、四《よ》ツ谷《や》御門の外へひょいと出た、四ツ谷伝馬町《てんまちょう》一丁目から麴町《こうじまち》十二丁目へとかかる大通りだった。真《ま》っ直《す》ぐ下れば四ツ谷の大木戸があり、内藤新宿《ないとうしんじゅく》に出る。

間違っても矢が飛び来る場所《ところ》ではなかった。

矢は強風にのり、ふわりと舞い上がった。四ツ谷御門の方に向かって飛んでいる。しかし、延《の》びがなかった。風が弱まれば失速し、落ちるだろう。

仙十郎は通りを見渡した。

風のため、いつもより人通りは少なかったが、それでも商いに出歩いている者が散見出来た。

「走れっ」仙十郎が前にいる銀次と義吉と忠太に命じた。「矢が降《ふ》って来るぞ。辺《あた》りの者を、どかすんだ」

その時、はためき翻《ひるがえ》っていた袖が垂れ、ふっと気温が緩《ゆる》んだ。風がぱたりと熄《や》んだのだ。

鏃《やじり》が下がった。矢が落ち始めている。

「逃げろ。逃げるんだ」

銀次らが、手を左右に振りながら走り出した。

棒手振《ぼてふり》がいた。天秤棒《てんびんぼう》の前後に盤台《ばんだい》を吊《つ》るしている。魚売りであることは、即座に見て取れた。銀次らの前方一町《ちょう》（約百九メートル）程《ほど》のところを、鯔背《いなせ》に駆けていた。既に魚は粗方《あらかた》売れたのだろう、盤台が軽やかに揺れている。

「避けろ。どけっ」

銀次らの声が聞こえたのか、魚売りが立ち止まった。だが、銀次らが何を騒いでいるのかまでは分からないらしい。天秤棒を肩にして、立ち尽くしている。

銀次を追い抜いた義吉と忠太が、空を指さした。

見上げた魚売りの顔が、凍《こお》り付いた。

次の瞬間、魚売りが膝《ひざ》から崩れ落ちた。

「畜生《ちくしょう》」

仙十郎は、土を蹴《け》立《た》てて走り出した。

二

魚売りの傍《かたわ》らに膝を突いていた銀次が立ち上がり、仙十郎に頭を横に振って見せた。

魚売りの胸板を貫《つらぬ》き、心の臓に矢が突き刺さっていた。

仙十郎は、魚売りの首筋に指の腹を当てた。脈は感じられなかった。

「銀次」

仙十郎は矢が飛び来た方向を睨《にら》み付けた。

「義吉と忠太を連れて、矢を放った奴を探し出せ。武家なら後を尾《つ》けて、どこの誰だか見定めて来い」

「へい」

駆け出そうとする銀次らを呼び止め、落ち合う場所は、と言った。

「一刻《いっとき》以内ならば十一丁目の自身番《じしんばん》。それ以降ならば、見回路《みちすじ》を追って来い」

甲州《こうしゅう》街道をもう少し下ってから赤坂《あかさか》に出、更《さら》に増上寺《ぞうじょうじ》の西を北上して土橋《どばし》を渡り、後は堀沿いに比丘尼橋《びくにばし》、一石橋《いちこくばし》を通って常盤橋《ときわばし》御門までが、仙十郎の見回路だった。

　三人の後ろ姿が、遠巻きに囲んだ見物衆の輪を切り裂いて、瞬《また》く間に見えなくなった。

「誰か」と言って、仙十郎は見物衆を見回した。「この魚売りが誰だか見知っている者はいねえか」

　残る下っ引のふたりを見物衆の側に差し向けた。二、三人の男女が前に走り出ている。

「戸板が要《い》るぞ」

　中間に命じた。

「自身番に走り、力のありそうなのを二、三人、戸板を持たせて寄越《よこ》してくれ。お前《めえ》は戻らずに、その足で奉行所に行き、この件と帰りが遅くなることを岩田《いわた》さんか島村《しまむら》様に伝えて来てくれ」

　岩田巌右衛門《がんえもん》は定廻り同心の古株であり、島村恭介《きょうすけ》は最古参の年番方与力《ねんばんかたよりき》で、同心支配役だった。

「御用箱は、いかがいたしましょう？」

　中間が訊《き》いた。紺の風呂敷に包まれたそれには、突然の捕物出役《とりものしゅつやく》のための着替えや、与力同心の先人たちが経験からまとめ上げた検屍法《けんし》を記した文書などが入っていた。

「自身番に預け、名指《なざ》しして見張らせておけ」

「そのようにいたします」

「急げよ」

「旦那」

中間と入れ替わるように、下っ引がひとり見物衆から離れ、戻って来た。

「魚売りの名が分かりやした。八辻ケ原《やつじがはら》の南、神田三河町《かんだみかわちょう》二丁目は《伊兵衛《いへえ》長屋》に住む与助《よすけ》だそうでございやす」

昌平橋《しょうへいばし》と筋違御門《すじかい》の間の広小路《ひろこうじ》は、八方に通じる路があることから、八辻ケ原と呼ばれていた。三河町は古名を新小田原町《しんおだわらちょう》といい、魚屋で知られた町である。

「商売熱心で真っ正直な男のようでございやす。気立《きだ》てのいい女房もいるって話で、悪い噂《うわさ》をする者は誰もおりやせん」

「何人に訊いた？」

「四、五人で」

「その人数で、人ひとりのことを分かった気になるのは危ねえよ。人には表の顔と裏の顔があるからな」

「済《す》いやせん」

「謝ることはねえさ。多分与助については、間違っちゃいねえだろうよ」

「誰かを狙《ねら》っての仕業《こと》なのでしょうか」

風が熄み、失速した矢が男の胸に突き刺さった。少なくとも、与助を狙ったものでも、他の誰かを目掛けたものでもないだろう。

では、誤って矢を放ってしまったのか。あるいは、よもやとは思うが、人通りに向けて矢を放ち、人に当たるか否かを愉《たの》しんだのか。もしそうなら、鬼畜《きちく》の所業《しょぎょう》に等《ひと》しかった。

「捕まえれば、分かることだ」

仙十郎は思い直したように言うと、続けた。

「三河町まで一《ひと》っ走《ぱし》りしてくれねえか」

「与助の女房でございやすね」

「連れて来てくれ」

仙十郎は懐《ふところ》から二朱金を取り出し、下っ引に握《にぎ》らせた。

「女の足なんぞ、待っちゃいられねえ。駕籠《かご》に乗せてやってくれ。自身番で待っているからな」

「へい」

下っ引はくるりと向きを変えると、地を蹴《け》った。威勢よく土埃が舞った。

戸板が来た。自身番に詰めていた店番《たなばん》のひとりが戸板を抱え、家主《いえぬし》ともうひとりの店番が青い顔をして、付いて来ている。

一時《いっとき》熄んでいた風が、また吹き始めた。戸板が煽られている。

仙十郎は聞き込みをしている下っ引を呼び、店番と三人で与助を自身番に運ぶように命じた。

「お前《めえ》さんは、こっちを頼むぜ」

家主には、転がっている天秤棒と、地面に飛び出している売れ残りの魚を盤台に戻し、担いで来るよう言った。

「手前がですか」

家主が自分の鼻の頭を指した。

「お前しか手隙《てすき》の者がいねえんだ」

「やります」

家主が消え入りそうな声を出した。

天秤棒が撓《しな》る度に盤台が跳ねた。家主の腰がふらついた。風が追い打ちをかける。見物衆が口許《くちもと》を隠して、戸板と家主を見送った。身内が災難に遭《あ》った訳ではない。彼《か》の者どもにあったのは驚きだけで、それも既に消えているのだろう。

麹町十一丁目の自身番に着いた。腰高障子《こしだかしょうじ》は外され、膝隠しの衝立《ついたて》も三畳間の隅に寄せられていた。御用箱を探した。書役《かきやく》が膝にのせ、両腕で抱き締めていた。

白洲《しらす》で遺体を戸板から油紙に移し、下っ引と店番が抱えるようにして式台に上げ、奥の板の間に横たえた。

矢を引き抜いた。血が流れ出し、半纏《はんてん》の背を朱《しゅ》に染めた。

半纏と腹掛《はらがけ》を脱がせた。真っ新《さら》な奇麗な身体だった。刃物の傷痕《きずあと》も彫り物を入れた痕もなかった。ぽっかりと開いた矢傷だけが、毒々しい紅《べに》を塗《ぬ》った唇《くちびる》のように目立った。

巾着《きんちゃく》の中身を調べた。銭が一貫と二百八十六文《もん》、入っていた。今日一日の売上げなのだろう。

ずっしりとした重さが、棒手振稼業《かぎょう》の律義《りちぎ》な仕事振りを示していた。

遠くで風が唸った。

三

その頃岡っ引の銀次は、ぐるりを旗本《はたもと》屋敷に囲まれた路上で途方に暮れていた。下っ引の義吉、忠太と、矢を見掛けた者がいないか、人影を探したのだが、風のためか人通りがなかった。たまに歩いている者がいたとしても、武家に尋《たず》ねるのは憚《はばか》られたし、町人《ちようにん》がいても、その時空を見上げた者はいなかった。

「弱っちまったな」

匙《さじ》を投げ出したかったが、それでは小宮山仙十郎に申し訳が立たない。

「とにかく、歩き回るしかあるめえ」

三人は手分けして、屋敷小路を奥へと進んだ。

「親分」

と義吉が、忠太を伴《ともな》って来た。

「矢ってのは、どれくらい飛ぶんでやしょうね？」

「一、二町（約百九メートルから二百十八メートル）じゃねえか」

「それっぽっちでやすか」

「二、三町（約二百十八メートルから三百二十七メートル）かも知れねえな」

「そんなに」

忠太が目を丸くして言った。忠太は下っ引稼業に就《つ》いてまだ日が浅かった。

「馬鹿野郎、ぐだぐだ言ってねえで、矢を見た奴を探せ」

「親分、三町飛んだとすると、西念寺《さいねんじ》の境内《けいだい》からってことは考えられやせんか」

西念寺は、伊賀《いが》組の棟梁《とうりよう》・服部半蔵正成《はつとりはんぞうまさなり》が徳川信康《とくがわのぶやす》の菩提《ぼだい》をとむらうために建立《こんりゆう》した寺である。寺名は、半蔵が出家して西念と名乗ったことに由来する。

「この際、寺も当たっておくか」

西念寺横町に出、南に行けば、突き当たりが西念寺だった。門を潜《くぐ》り、義吉と忠太に隈無《くまな》く調べるように言い、銀次は庫裡《くり》へ向かった。

「相済《あいす》いやせん」

町方《まちかた》の領分ではなく、寺社奉行の管轄である。銀次は下手《したて》に出た。

「支配違いは重々承知いたしておりやす。お騒がせする気は毛頭《もうとう》ございやせん」

町屋の通りで起こった一件を話し、もしや誰か不審な者を見掛けなかったか、僧らに尋ねた。

何も気付かなかった。それが僧らの答えだった。

「ところで」と、後から庫裡に入って来た僧が、諦《あきら》め帰ろうとした銀次に言った。「境内をうろついていた者がおったので、門外に出しておいた。今後、このような時は、寺社奉行を通して尋ねるように」

「……承《うけたまわ》りやした」

銀次は奥歯を嚙《か》み締め、僧を見詰めた。

「聞いておこう。名は何と言う？」

「神田八軒町の銀次でございやす」

「覚えた」

義吉と忠太が、門柱の陰から顔半分を覗《のぞ》かせて、銀次を待っていた。

ふたりが言うには、いつ忍び寄られたのか、気付いた時には僧が背後におり、後は襟首《えりくび》を摑《つか》まれ、猫のように放《ほう》り出されたらしい。

「奴ら、並の坊主じゃありやせんぜ」

銀次は頷《うなず》きながら、空を見上げた。この辺りの寺社の境内で誰かが矢を放ったとする。矢は折からの突風にのり、四ツ谷伝馬町まで飛んだ。あり得ぬ話ではなかった。

銀次はふたりを促すと、もうふたつ三つ、寺を回るぞ、と言った。

都合四つ、寺を回ったが、他の三つは西念寺のようなことはなく、快く調べに応じてくれた。しかし、分かったことは何もなかった。

「仕方ねえ、一旦《いったん》戻るぞ」

仙十郎の許へ手ぶらでは戻り辛《づら》かったが、西念寺の話があった。頑《かたく》な応対は土産話になった。

風は随分と収まっていた。あの時、あれ程の突風が吹かず、しかもあの場所に差し掛かっていなければ、魚売りは今も健在でいたのだ。そう思うと銀次は、西念寺を始めとして一帯の武家屋敷を調べ尽くしたくなったが、己は一介《いっかい》の十手持ちに過ぎない。分《ぶん》を弁《わきま》え、同心の命《めい》をこなすことで魚売りの仇《あだ》を討つしかなかった。

自身番に近付くにつれ、悲鳴のような女の泣き声が聞こえて来た。人だかりがしている。銀次らは、急いで人垣を割った。

中間とふたりの手下が、それぞれ何か御役目を果たして来たのだろう、息を切らせ、額《ひたい》に汗を浮かべていた。

「旦那、戻りやした」

銀次が声を掛けた。仙十郎は、魚売りの女房に付き添って来た《伊兵衛長屋》の大家なのだろう、白髪《しらが》頭の男と自身番の中を覗いていた。

「どうだ、何か分かったか」

「へい」

銀次は、武家屋敷界隈《かいわい》で思うような調べが出来なかったことや、西念寺のことなどを話した。

「どこかの旗本屋敷か、あの辺りの寺の境内から射《い》られたものと思われます」

「だろうな」

「どういたしやしょう」

「支配違いだと言いたいのか」

「へい」

「そんなことが言えるか」

亡骸《なきがら》に取り縋《すが》る女の小さな背が見えた。

「矢から分からねえものか、調べてみよう。もしも射た奴が分かり、支配違いだった時は、証《あかし》を添えて御目付《おめつけ》に届けるまでだ」

「御目付はやたら時を食いやすし、町屋のことで親身になってくれるか、心許無くていけねえや……」

「口が過ぎるぞ」

仙十郎は銀次を叱《しか》り飛ばすと、話してやれ、と大家に言った。

「与助の足取りだ」

「女房のお糸《いと》も働き者でございますが、与助はそれに輪をかけた働き者でございました。娘が生まれたからと、それはもう張り切《く》って……」

朝まだ暗い七ツ（午前四時）には盤台を括り付けた天秤棒を担いで長屋を出、日本橋《にほんばし》の魚河岸《うおがし》で仕入れ、贔屓《ひいき》の武家屋敷やお店《たな》を回り、半蔵御門から四ツ谷御門へと抜ける通りを麴町の一丁目から十丁目まで流して歩く。一日も休まずにでございますよ、と言って大家が、洟水《はなみず》を啜《すす》り上げた。

「今日も、あの風なのに御贔屓さんが待っていて下さるだろうからと、四ツ谷御門を越えたんでしょうな。まさか、矢が……」

絶句した大家に代わって仙十郎が言った。

「与助に落度《おちど》はねえんだ。真っ正直に生きている者が報《むく》われねえでどうするんだ」

「旦那、その通りでさあ」

銀次に合わせ、手下らが片袖をたくし上げた。大家が顔を両の掌《てのひら》で覆《おお》いながら、頭を下げた。

「そろそろ与助を家に帰してやるか」

義吉と忠太を付け、《伊兵衛長屋》に亡骸を移すことにした。

義吉には与助の評判をよく聞いてくるように言い、忠太には河岸での評判などを調べるよう命じ、それぞれに二朱ずつ与えた。口の堅い奴には酒を飲ませ、何か食わせろ。残りは駄賃にしてくれ。

残る下っ引のひとりには、自身番の見える物陰から四囲《しい》を探っているように言いおいた。

「もしかすると、矢を射た奴が現われるかも知れねえ。素振《そぶ》りの怪しい奴、何か聞き回っている奴がいたら、後を尾けるんだ。悟られるんじゃあねえぞ」

「いつまで、見張っていれば？」

「そうよな、夕暮れまででいいだろう」

下っ引が空を見上げた。雲は風で吹っ飛び、青い空の中天を過ぎたところに日が輝いていた。夕暮れにはまだ間があった。下っ引が両袖の中に腕を隠した。

「行くぞ」

仙十郎は、下っ引に矢を持たせると、銀次と中間を連れ、見回りを再開した。

四

前を行く銀次を呼び止め、寄るぞ、と仙十郎が一軒のお店《たな》に足を踏み入れた。《秋田屋《あきたや》》と記した看板が掲げられていた。武具と馬具、それに剣術の稽古《けいこ》道具を扱う老舗《しにせ》だった。

「待て」

小銀杏の髷、月代《さかやき》の剃《そ》り具合、着流しに黒羽織。八丁堀《はっちょうぼり》の同心であることは、直ぐに分かる。主《あるじ》の小兵衛《こへえ》が、帳場を飛び出して来た。

「邪魔するぞ。ちと教えて貰いたいのだ」

「何でございましょう。お役に立つことであれば、何なりとお尋ね下さいまし」

小僧が座布団と茶を運んで来た。初めて同心と接するのだろう、手が震えている。

「ありがとよ。だが、気は遣わねえでくれ」

下っ引から矢を受け取り、主に見せた。

「何か気付いたことがあったら、教えちゃくれねえか」

「矢でございますか」

小兵衛は眉《まゆ》を寄せ、いかにも困ったような表情を作って見せたが、心のうちはお店との関《かか》わりが消え、ほっとしたらしい。

「駄目かい」

「手前どもは、矢は詳しくはございません。腕のよい矢師を御紹介いたしますので、そちらでお尋ねになられた方がよろしかろうかと存じますが」

「分かった。そうしよう」

小兵衛は番頭を呼ぶと、矢を目で指しながら番頭に何事か話し、くるりと仙十郎に向き直った。

「お待たせいたしました」

取って付けたような笑みを浮かべている。

「これから番頭に案内させますのは、矢師の中嶋金右衛門《なかじまきんえもん》という方で、矢につきましては大層《たいそう》詳しいのでお役に立つかと思われます」

「遠いのかい」

「直ぐ近くの伊賀町《いがまち》でございます」

「そうかい。忙しいところを済まねえが、頼もうか」

《秋田屋》を出、西に下り、南に折れたところが伊賀町であった。

中嶋金右衛門は、幕府の御用を務めたため苗字帯刀《みょうじたいとう》を許された腕のよい矢師だと、道々《みちみち》番頭が説明をした。その矢師は矢竹を炭で炙《あぶ》り、矯《た》めていた。《秋田屋》の番頭を見て一瞬手を止めたが、背後にいる仙十郎らに気付き、ふっと表情を硬くした。

疫病神《やくびょうがみ》を見る目と同じだった。

好かれちゃいねえ。仙十郎は独《ひと》りごちながら、仕事場を見回した。夥《おびただ》しい数の矢とともに、箙《えびら》や空穂《うつぼ》など矢の携帯具や、弦《つる》から手を守る喋《ゆがけ》が棚に並べられている。

「それでは、これで」

《秋田屋》の番頭が、会釈《えしゃく》もそこそこに姿を消した。仙十郎は、矢師と向かい合った。

見回路を逸《そ》れての調べだった。のんびりしている暇はない。与助の胸を貫いた矢を矢師に見せた。

「これなんだが、気付いたことを教えてくれねえか」

「拝見いたします」

矢師の金右衛門は、両の手で押しいただくようにして受け取ると、掌で重さなどを計《はか》ってから、仕上げのひとつひとつをじっくりと見詰めた。

「どうだ？」

仙十郎がせっかちに尋ねた。

「よいお品でございますな」

「よいって、どれくらいの品なんだ？」

「上の上でございましょう」

銀次が太い鼻息を吹き出した。誰が射たのか、絞《しぼ》れる。仙十郎も、出来るなら鼻息を吹き出したかったが、努めて冷静に訊いた。

「そんなによいものなのか」

「矢柄《やがら》は、極上の篠竹《しのだけ》の三年もの。長さは」

と言って、矢師が矢を握って見せた。拳《こぶし》ひとつの長さを一束《ひとたば》と言い、端数《はすう》に指一本分を一伏《ひとふせ》として数えた。十二束丁度《ちょうど》。多く使われる矢が十三束三ツ伏だから、少し短めでございますな。

「矢柄の形でございますが、これは麦粒《むぎつぶ》と呼ばれる、よく遠矢《とおや》に用《もち》いられる矢でございます」

「詳しく聞かせてくれ」

「矢柄の形には、一文字《いちもんじ》、杉成《すぎなり》、麦粒と三種ございます。一文字は鏃《やじり》から筈《はず》まで矢柄の太さが同じもの。杉成は鏃の方が太く、筈の方が細いもの。そして、この麦粒はその名が示すように、両端が細く、中央が太くなっているものを言います。遠くにある的を射貫《ぬ》くには麦粒がよく、京の三十三間堂《さんじゅうさんげんどう》の通し矢に使われるのは、麦粒でございます」

「他に気付いたことは」

「矢羽は、鷹《たか》の三枚羽。しかも尾羽《おばね》の端の石打《いしうち》と呼ばれる最上のもの。鏃は尖《とが》っており、射貫くための柳葉《りゅうよう》。並のものより少し重いようでございますな。これは遠くまで飛ばそうとして重いのでございましょう」

「よいものらしいことは分かったが、誰のものかまでは分からねえものかな」

「さあ、そこまでは……」

「西国筋とか東国筋とか、矢に違いはねえのかい？」

「申し上げられるのは、御大名家か大身《たいしん》の御旗本でないと、とても持てぬ矢だというこ とでございましょうか……」

矢師は目の前にいるのが三十俵二人扶持《ぶち》の御家人《ごけにん》であるのに気付き、言葉尻を濁《にご》した。気にする仙十郎ではなかった。

「だったら御府内のすべての矢師を訪ねれば、どこに納めた品か分かるんじゃねえか」

「どうでしょうか」金右衛門が首を捻《ひね》った。「これだけの矢でございますと、御大名家ならば御国許で作られたものが多く、御旗本だとすると、お納めし、利を得ている矢師や弓師が、果たして本当のことをお話しするかどうか」

「お前《めえ》さんならば？」

意地悪く、仙十郎が尋ねた。

「勿論《もちろん》、包み隠さず申し上げますが」

そうかい。仙十郎は立ち上がり掛けて、また座り直した。

「万が一にも町屋の者が使うってことは？」

「あり得ません。矢場通いで、弓矢に凝《こ》った大店《おおだな》の主が、とも考えましたが、それにしては品が良過ぎましょう」

「ありがとよ。十分役に立った」

「それはよろしゅうございました」

「何か」と仙十郎が振り返り、銀次に言った。「訊くことはねえか」

　銀次が待ってましたとばかりに進み出た。

「矢というものは、どれくらい飛ぶものなのか、教えちゃくれめえか」

「さあ、いろいろとございますから」

「この矢を使った場合だよ」

「天気、風向き、という意味でいろいろと申し上げた訳でございますが、飛ばすだけならまず三町。狙いを定め、射殺《いころ》そうと思うなら一町程でしょうか。昔は二町先の的を射貫いた名人がいたとも聞いておりますが」

「そんなものかい」

　銀次が引き下がった。

「訊かねえのかい？」

　矢師が、上目遣いに仙十郎を見た。

「どうして矢を調べているのか」

「恐らくは、先刻の伝馬町での一件に関わりがある矢かと……」

「その通りだ。いい勘をしているぜ」

　見回路に戻り、先を急いだ。回り来る刻限が遅いからと、それぞれの自身番の前で店番らが待ち受けていた。どの自身番でも、銀次を走らせるような揉《も》め事は起こっていなかった。

奉行所に帰り着いた時には、六ツ（午後六時）を回っていた。常ならば七ツ（午後四時）過ぎには奉行所を出、八丁堀の組屋敷に戻っている時刻だった。

奉行所に戻っていた義吉らから与助の評判やら長屋の様子を聞き、預かりの下っ引からは怪しい者の有無を聞いた後、ふたりに言付《ことづ》けを頼んだ。

「では」と下っ引が、腰を折って言った。「遅くなる旨、御新造《ごしん》さんに伝えておきやす」

大声で言うな。仙十郎は、小声で注意した。

五

定廻り同心の詰所には誰もいなかった。

自身番から中間を走らせたのである。少なくとも岩田巌右衛門がまだ奉行所に残っている筈だった。

仙十郎は当番方与力の詰所に顔を出した。夜間の受付と宿直《とのい》の用意を調《ととの》えた菅《すが》沼宗太郎《ぬまそうたろう》が、詰所を出ようとしているところだった。菅沼は仙十郎よりも年下の三十七歳で、与力の中では一番の若手であった。

「もう岩田さんは、帰られたでしょうか」

年が若かろうが、相手は与力である。仙十郎は丁寧な物言いをした。

「いや、まだいる筈だ。多分島村様と御一緒だ」

「島村様と、ですか」

「面倒な一件らしいな」

菅沼が楽しそうに白い歯を覗かせた。

「そのようなことはないと思われますが」

「何だ。そうか」

肩を落としている菅沼を廊下に残し、同心の詰所に戻った。

定廻りの古株と同心支配が密談しているのである。支配違いと判明した時の対応を、あらかじめ話し合っているのだろう。

話し合いが終われば、詰所に現われることは間違いなかった。仙十郎は自身の文机《ふづくえ》に向かい、覚書《おぼえがき》として手控え帳に見回りで見聞きしたことを記し始めた。

廊下で足音がした。近付いて来る。ひとりではなかった。ふたりでもない。三人分の足音だった。

仙十郎は手を止め、筆を擱《お》いた。

岩田巌右衛門に続いて島村恭介が、ふたりに数歩遅れて臨時廻り同心の鷲津軍《わしづぐん》兵衛《べえ》が詰所の敷居を跨《また》いだ。島村が上座に座り、鷲津と岩田は脇正面に腰を下ろした。

岩田と島村だけならば、この一件は己一人のものだったが、臨時廻りがともにいるとなると事態は変わった。御府内を見回り、事件を拾《ひろ》い上げる定廻りと、ひとつの事件に集中してかかることが出来る臨時廻りとでは扱える事件の性質が異なった。

今回の棒手振の一件は、射た者が町屋の者ではなく、武家らしいことなどを鑑《かんが》みると、慎重にことを運ばなければならない。臨時廻りに調べが回されることは、あり得る話だった。

仙十郎は手控え帳を閉じ、膝をにじるようにして進み出ながら鷲津軍兵衛を見た。

夜盗、特に人を殺すことを恬《てん》として恥じぬ、血腥《ちなまぐさ》い盗みをする者どもには容《よう》赦《しゃ》のない調べをすることで、凶賊どもから恐れられている同心だった。捕物出役の際に何度か肩を並べたことはあったが、親しく話したことは余りなかった。

軍兵衛が、刃物で切り裂かれたような薄い唇を開き、済まねえが、と言った。

「この一件、俺の扱いとなった。横取りされたような気がするだろうが、堪えてくれ」

仙十郎は目を上げ、岩田と島村を見た。岩田が頷いた。

「定廻りをしながら片付けるには」と島村が、言葉を添えた。「ちと厄介《やっかい》そうなのでな」

「承知いたしました」

「そうとなりゃあ、事の起こりから詳しく話しちゃくれねえか」

軍兵衛は、江戸の実測図である『江戸大絵図』を広げると、上座の正面に置いた。仙十郎が見回路の一点を指さした。

「ここです。四ツ谷伝馬町一丁目を歩いていた時に、矢がこちらから飛んで来たのです」

旗本屋敷と寺社の上を仙十郎の指が南西《ひつじさる》から北東《うしとら》に動いた。三人が絵図を見詰めている間に、仙十郎は文机に戻って矢を手にして来た。

「これかい？」

軍兵衛が即座に手を伸ばし、鏃から矢柄、羽、筈と見ている。

「いいもんらしいな」

「どれどれ」

島村から岩田に矢が回った。仙十郎は、三人に目を遣ってから軍兵衛に尋ねた。

「ようお分かりになられましたが、矢にはお詳しいのですか」

「いや、そんな気がしただけで、よく分かっちゃいねえ。どういいんだ？」

「………」

仙十郎を岩田が促した。仙十郎は、矢師の言った通りのことを話し、続いて矢が魚売りを貫いてからの自身、中間、岡っ引と下っ引それぞれの動きのすべてを語った。

「西念寺の裏、鮫ケ橋《さめがはし》の辺りは？」

軍兵衛が訊いた。

「そこまでは、回っておらぬかと」

「いやいや、それで十分であろう。短い間によう調べた」

どうです、鷲津さん、と岩田が軍兵衛に訊いた。岩田と軍兵衛は、ひとつ違いだった。軍兵衛の翌年に岩田が見習いとして奉行所に通い始めたので、軍兵衛が何かにつけて案内することになり、それ以来親交が続いている。

「小宮山の先代には、俺も随分と教えられた。調べが行き届いているのは、流石《さすが》親父殿《おやじどの》ゆずりだな」

よかったな。思わず笑みを見せようとした岩田を、軍兵衛は手で制した。

「今思い出したんだが、小宮山の先代に言われたことがあった。丁度、今の仙十郎と同じ年の頃だ。『いつどこで事件《こと》が起ころうと、同心稼業に待ったはねえ。俺たちは、いつだって戦場《いくさば》にいるんだってことを忘れるな』とな。俺はその気で動いている」

「肝《きも》に銘《めい》じます」

仙十郎が頭を下げた。四十歳になったばかりの仙十郎に比べると、岩田巌右衛門五十歳、臨時廻りの軍兵衛五十一歳、島村恭介は五十六歳を数えていた。年齢の差は、序列の差でもあった。

「明日」と軍兵衛が言った。「朝のうちだけ、銀次を貸してくれねえか。何、実際にその場に居合わせた者から聞いてみたいだけだ」

「申し付けておきます」

「済まねえな。直ぐに返す」

手控え帳を書いてしまうと言う仙十郎を同心詰所に残し、島村は場所を与力の詰所に移した。

「よいな」と島村が、身を乗り出し、語気を強めた。「大名か旗本が関わっていると分かったら、即刻知らせるのだぞ。余計なことはするな、考えるな。即刻だぞ」

「心得ております」

「実《まこと》だな？」島村は、軍兵衛の額に己の額を寄せると、小声で言った。「何が起ころうと、先走るなよ。儂《わし》らを待つのだぞ」

「島村様、近頃、ちとくどくなられましたぞ」

軍兵衛は、少しく笑って見せた。左頬《ほお》に刻まれた深い傷痕が、微《かす》かに震えた。

「儂がくどいのも、その傷が言わせるのだ。分かったな」

顔を背けたのか、軍兵衛の傷痕が陰に沈んだ。

第二章　弩《ど》

一

昨日の風が嘘《うそ》のように、穏やかな日和《ひより》だった。

鷲津軍兵衛は、自身が手札《てふだ》を与えている岡《おか》っ引《ぴき》・小網町《こあみちょう》の千吉《せんきち》と下っ引の留《とめ》松《まつ》と新六《しんろく》を引き連れ、神田八軒町の銀次の案内で四ツ谷伝馬町一丁目の通りに立っていた。

「あの辺《あた》りでございやす」と銀次が、通りに面した旗本《はたもと》屋敷の上に広がる空を指さした。

「あっしどもが矢に気付いたのは」

銀次が矢の軌道を細かに話し、落下点に手下の忠太を立たせた。忠太の左右に立ち、留松と新六が空を見上げた。

　忠太らを避け、町屋の者たちが行き交《か》っている。もう昨日の一件は忘れ去られているのか、何をしているのかと訝《いぶか》しげに歩く者が多い。

「それで」と軍兵衛が銀次に訊《き》いた。「自身番《じしんばん》を見張らせていたって話だが、それらしい武家は見なかったのだな」

「へい。目立ったお侍《さむらい》には気付かなかった、と申しておりやした」

「矢の行く末を見に行こうとも思わなかったのか、用心深いかのどちらかだな」

「何も考えない阿呆《あほう》よりも、用心深い奴の方が厄介《やっかい》でございますね」

「そうも言えねえよ。知恵の回る奴は知恵でつまずく。そんなものだ。いずれにせよ、逃がしはしねえ」

《秋田屋》と矢師の中嶋金右衛門の場所を訊き、

「御苦労だったな、助かったぜ」

　銀次は、軍兵衛だけでなく千吉にも腰を屈《かが》めると、忠太を促し、仙十郎の見回《みち》路《すじ》へと足を急がせた。

「親分」

　半町《ちょう》程離れたところで、忠太が銀次に尋《たず》ねた。

「鷲津の旦那《だんな》の頬《ほお》の傷《きず》ですが、刀傷《かたな》ですよね」

「そうだ」

「可成《かなり》訳有りと見ましたが、一体どうしたんでござんすか」

「言ってなかったか」

「聞いていませんが」

「そうか……。そのうちに、教えてやるよ」

銀次が、懐《ふところ》手《で》をして言った。懐の中には十手《じって》がある。銀次が十手を握《にぎ》り締めたらしいことに気付いた忠太は、口を閉ざした。


「時の経《た》つのは早いものでございやすね」

千吉が、遠ざかって行く銀次の背を見詰めながら言った。

「銀次か」

「いい十手持ちになりやした。若い頃は、箸《はし》にも棒にもかからない奴でしたが」

「それと見込んで手下にした、先代の八軒町の親分は、目利《き》きだったのだな」

既に没《ぼっ》して八年になるが、銀次の親分は、千吉とは気心の知れた十手仲間だった。

「ありがとうございやす」

千吉が、鼻の頭を赤くした。

「自身番を覗《のぞ》いてから、鮫ケ橋辺りを回るぞ」

軍兵衛が千吉に言った。

「おい」と千吉が、留松と新六に顎《あご》を振って言った。「四ツ谷御門外だ」

麹町十一丁目の自身番のことである。留松と新六が、ふたりの前に回り込んだ。

軍兵衛は、自身番に詰めていた家主《いえぬし》らに、魚売り射殺《いころ》しの一件が臨時廻りの鷲津預かりになったことを伝え、何か気付いたことがあった時には直《す》ぐに知らせるよう念を押した。

「もうひとつある」

平伏《へいふく》して聞き入っている家主らに、更《さら》に言い添えた。

「多分武家か中間《ちゆうげん》だろうが、この数日の間に、自身番の周りをうろつくか、魚売りがどうなったかを聞きに来る者がおるかも知れぬ。万一にも気付いた時は、北の奉行所に走るか、親分に知らせるか、その間《ま》のない時は、済まねえが、尾《つ》けて貰《もら》いたいのだ」

「手前どもが、でございますか」

　家主が、左右に控えている店番《たなばん》を見てから、怖々《こわごわ》尋ねた。

「なあに撒《ま》かれても構《かま》うこっちゃねえんだ」千吉が、明るく振舞った。「そいつがどっちに向かったか、それが分かるだけでも助かるってえもんだ」

「本当に、それでよろしいのでございますね」

「構わねえ」軍兵衛が請け合った。「頼めるか」

「心得ましてございます。大船《おおぶね》に乗った気で、お任せ下さいまし」

「負けたぜ、家主さんには」

　千吉が、笑い声を上げた。

　西念寺をぐるりと回り、鮫ケ橋の町屋に入った。

　まだこの辺りに川が流れていた頃、橋の近くまで鮫が上がって来ていたことから、鮫ケ橋の地名が付いたと言われている。

　仏具などを商う大店《おおだな》も点在していたが、家族で商いをしている小店が軒《のき》を連《つら》ねていた。

　小間物屋の前で足を止めた。

「昨日の昼頃のことだが」

四ツ谷御門の方角に矢が飛んで行くのを見なかったか。襟《えり》に白布をあてた女房に訊いた。

二軒、三軒と聞き進んで行くのだが、見た者は誰もいなかった。強風の日である。屋外に出、空を見上げていた者を探す方が難しかった。

「町屋の者は駄目だな。狙《ねら》いを振売《ふりうり》に絞《しぼ》るぞ」

軍兵衛は、鮫ケ橋と谷町《たにまち》に挟まれた南寺町《みなみてらまち》通りの入り口にある自身番を根城《ねじろ》にすることにした。

驚いたのは、自身番の者どもだった。突然の臨時廻りの来訪に、湯飲みをひっくり返した店番が、台拭《だいふ》きを手にしながら相方に家主を呼びに走らせた。

「ちょいとの間だ。ほっといてくれよ」

軍兵衛は千吉と手下のふたりに、この辺りを流して来る振売で、昨日の昼頃姿を見掛けた者を調べさせた。

茶が出た。

「ありがとよ」

煎餅《せんべい》が出た。

「手前方が商っておりますで恐縮でございますが」

生地に唐辛子を練《ね》り込んだ売れ筋の品だそうだが、千吉らが聞き回っている時に、それを口にするのは気が引けた。

「くどくは言わねえ。構わんでくれ」

「へい」

話の接《つ》ぎ穂《ほ》も見付からず、手持ち無沙汰《ぶさた》になったのか、店番が茶葉を入れ替えている。

安い茶葉ではない。奉行所で飲む茶より、しっかりとした茶の味がする。褒《ほ》めてやろうかとも思ったが、茶葉にまで口出しするのは止《よ》しにした。

千吉が留松と新六を従えて、戻って来た。淡い紺の股引《ももひき》が力強く動いている。

「お待たせいたしやした」

千吉が、手下の分までまとめて、束《たば》ねた反故《ほご》紙の裏に振売の業種《なりわい》を書いていた。

「油売り、酒売り、八百屋《やおや》、飴《あめ》売り、塩売り、味噌《みそ》売り、もぐさ売り、笊《ざる》売り、煙草《タバコ》売り、付木《つけぎ》売り、提灯《ちょうちん》の張替屋。この十一名の者が、あの凧の中を商いに現われておりやす。待ち構えて、訊いてみましょう」

「そいつは、千吉に任せるぜ」

「旦那は？」

「この辺りの中間が矢を見たか見なかったか、知り人がいるので、その家《や》の中間に訊き出して貰おうと思ってな。頼みに行って来る」

軍兵衛は太刀《たち》を手に取ると、腰に差した。

「失礼ですが、どちら様に」

行く先は、腰物《こしもの》奉行配下の腰物方・妹尾周次郎景政《せのおしゅうじろうかげまさ》の屋敷だった。腰物方は、将軍の佩刀《はいとう》など刀剣の管理をする御役目である。妹尾家の家禄《かろく》は二百六十石。周次郎がまだ家督《かとく》を継ぐずっと以前、前髪を垂らしていた頃からの付き合いになる。

屋敷は龍谷寺《りゅうこくじ》通りに入る手前にあり、石積の塀で知られていた。

「知っているか」

「存じておりやす」

「これの」と言って軍兵衛は、竹刀《しない》を振る真似《まね》をした。「同期でな。俺が三本勝負をやって一本も取れなかったのは、奴だけだ。何かの時は、構いやしねえ。呼びに来てくれ」

「へい」

千吉が腰を屈めた。

軍兵衛は、店番にお店《たな》がどこにあるのか訊いた。唐辛子を練り込んだ煎餅を手土産にするためだった。

長屋門を潜《くぐ》り、玄関に進み、案内を乞《こ》うた。現われたのは顔馴染《かおなじみ》の家人《けにん》だった。周次郎がいるか、尋ねた。非番で在宅していた。

「会う暇があるか、訊いてみてくれ」

これは、と言って軍兵衛は、煎餅の袋を家人に渡した。

「一袋は皆で食べてくれ。もう一袋は奥様にな」

家人が奥に消え、直ぐ戻って来た。

「お上がり下さいませ」

軍兵衛は刀を腰から抜き取り、家人に預けた。家人は袱紗《ふくさ》で受けると、先に立った。周次郎が、座敷で待ち受けていた。

「奥に土産を頂戴《ちょうだい》したそうだな。礼を言う」

周次郎が手で座るように示した。家人が、軍兵衛の背後に刀を置いて、座敷を離れた。

「奥は、実家《さと》の義母《はは》の具合が悪くてな、見舞いに行っておるのだ。戻ったら、渡す。喜ぶであろう。煎餅は好物なのだ」

「お義母上は、どこがお悪いのだ？」

「転んで腰を打ってな、立ち居が辛《つら》いらしい」

「よくないな。大事にするよう伝えてくれ」

「真面目《まとも》なことを言うようになったな」

「昔からだ」

「聞いて呆《あき》れるぜ」

「お互い様だろう」

「かも知れぬな」

周次郎が笑顔の下から、久しく現われなかったが、と言った。

「どういう風の吹き回しだ？」

「その風のために来たんだ」

「何だ？　意味が分からぬぞ」

軍兵衛は魚売りが射殺された一件を話した。

「武士が関《かか》わっているとなると、町方《まちかた》では支配違いではないか。証《あかし》を付けて御目《おめ》付《つけ》に届け出るつもりか」

旗本や御家人《ごけにん》を監察するのは、目付の役目だった。

「その時はその時だ。今は誰が罪咎《つみとが》もねえ魚売りを射殺したか、探り出したいだけだ」

「で、ここに来た訳は？」

「中間をひとり貸してくれ。何、手間は取らせねえ」

「誰でもよいのか」

「酒は飲むが、口は固い。物では動かず、心で動く。そんなのはいるか」

「他所《よそ》を当たるか、条件を絞れ」

周次郎が、呆れたように言った。

「酒を飲む」

「いる」

「心がある」

「ちっとはあるらしいのがいる」

「名は？」

「源三《げんぞう》」

「呼んでくれ」

源三が庭の隅から現われた。年の頃は、六十過ぎ。日焼けした肌に皺《しわ》が深い。

「仕事の邪魔をして済まねえな」

軍兵衛は、廊下で膝《ひざ》を揃《そろ》えた源三を見詰めた。脅《おび》えた様子はなかった。腹が据わっている。

「近くの中間とは顔馴染かい？」

「大概《たいがい》の者は見知っておりますが」

「頼まれちゃくれねえか」

周次郎に話したことを繰り返し、昨日の昼頃、と軍兵衛が言った。矢が飛んでいるところを見た者がいねえか、近所の中間に訊いて貰いたいんだが。

「お安い御用で」

「いつも、どこで飲む？」

鮫ケ橋谷町の《木菟入酒屋《ずくにゅう》》の名を挙げた。木菟入は、僧侶《そうりょ》や坊主を罵《ののし》って言う言葉だが、その煮売り酒屋が出来た頃は客筋の多くが寺に出入りの者であったために、誰言うとなく付いた名だと源三が言った。

「そこには、中間衆が集まるのだな？」

「安い、早い、が愛想《あいそ》がねえ、美味《うま》かねえってえところですが、この辺りの中間は殆《ほとん》ど《木菟入》通いと申し上げても間違いではございません」

「そこに陣取って訊き出してくれ」

軍兵衛は、源三に一朱金を六枚与えた。

「軍資金だ」

「多過ぎます」

「余ったら、どこぞで美味いものでも食うがいいさ」

「そんな勿体《もったい》ねえ。博打《ばくち》に使います」

「好きか、博打は？」

「……へい」

「まあ、いい。たんと儲《もう》かったら、恩返しをしてくれよ」

「では、お預かりいたします」

信用出来る者の返答だった。

「二、三日したら、また顔を出す。その時までに何とか頼む」

源三が下がった。

「同心稼業《かぎよう》は、なかなか金が掛かるものだな」

「三十俵二人扶持《ぶち》。清廉《せいれん》の士では務まらぬわ」

商家からは見回りなどさまざまな名目で、大名、旗本などからは家臣やその子弟らの不始末を穏便《おんびん》に済ませるための備えとして、同心らには付届《つけとどけ》がきた。その金を、岡っ引や下っ引を動かす資金にしているのである。

「それよりも」

と軍兵衛は、ふと思い付いて周次郎に尋ねた。

「誰か、矢師を知らねえか」

伝聞ではなく、己の耳で矢というものを矢師の口から聞いておこうと思ったのだった。

「おらぬこともない」

「腕は？」

「遠矢《とおや》作りの名人だ」

「そりゃいい。教えてくれ」

見送りに付いて来た家人が、軍兵衛に小声でそっと言った。

「あの煎餅は辛《から》過ぎますぞ。私は茶で洗って食べました」

二

軍兵衛が周次郎の屋敷を辞し、長屋門を出たところへ千吉が駆け付けて来た。

「見た者がおりやした」

笊売りだった。笊売りは荷を突風に煽《あお》られ、思わず風を呪《のろ》って空を睨《にら》み上げた。その拍子に、矢に気付いたらしい。

「これで絞れるな」

「自身番に待たせておりやす」

「手柄だぜ。急ごう」

軍兵衛は千吉を従えて、走った。

笊売りの仁市《じんいち》は、自身番の式台に座って、茶を飲み、赤い煎餅を齧《かじ》っていた。噎《む》せたのか、咳《せき》をし、茶のお代わりをしている。

「待たせたな」

軍兵衛が声を掛けると、笊売りは式台から玉砂利《たまじゃり》を敷き詰めた白洲《しらす》に下り、平伏した。

「お取り調べじゃねえんだ」千吉が、仁市に言った。「立って、楽にしてくんな」

「立ったついでに、済まねえが」

軍兵衛は、仁市を表に連れ出し、矢を見た場所に案内させた。

南寺町通りの仏具屋の前で足を止め、空を指さした。

「あの辺りでございます」

「見えた時の大きさは？」

「こんなものでございましょうか」

親指と人差し指の隙間《すきま》で、大きさを示した。空の高みを飛んでいたことが知れた。

「あっちに向かって飛んでおりました」

北東《うしとら》の方角だった。四町（約四百三十六メートル）程《ほど》飛べば、四ツ谷伝馬町に着く。

「役に立った。ありがとよ」

千吉は下っ引に仁市を自身番まで送るよう言い付け、笊をひとつ買うようにと小銭を握らせた。

「旦那、矢って、そんなに飛ぶもんなんでしょうか」

「俺にも分からねえ。仙十郎の話だと、飛んで三町の筈《はず》だったな」

「そのように聞いておりやす」

「だが笊売りは、ここで飛んでいるのを見た。矢は、風を差《さ》っ引《ぴ》いても五町は飛んだことになるぞ」

「すると矢は、どこから射られたんでござんしょうか」

軍兵衛は身体の向きを南西《ひつじさる》に向け、北町辺りか、その周辺の寺、あるいは、と言って眉根《まゆね》を寄せた。

「旦那」

千吉も同じ表情を作った。建ち並んだ寺の向こうは、大名家の中屋敷と下屋敷、それに大身《たいしん》旗本の御屋敷だった。

「どうしやす?」

「どうするもこうするもねえ、矢師に訊くまでのことよ。矢は五町も飛ぶのか」

「分かりやした」

周次郎に教えて貰った矢師は、四ツ谷御門を通って東に真っ直ぐ進み、麴町の五丁目と六丁目の間の大横町《おおよこちょう》を南に折れたところに仕事場を兼ねた店を構えていた。

矢師の名は、蔭山三左衛門《かげやまさんざえもん》。周次郎に言わせると、なかなかに多弁《たべん》な男であるらしい。願ったりだった。

「御免よ」

威勢よく土間に飛び込んだ千吉が、ぴんと張り詰めた空気に呑《の》まれ、口を閉じた。

無駄口を叩《たた》いている者はひとりもなく、仕事場にいた六名の者がそれぞれの務めを黙々とこなしていた。

やがて、一番末の弟子なのか、年若い男が手を休め、千吉の前に膝を突いた。

「お待たせいたしました。何かお求めでございましょうか」

「いや、御用の筋でな」と軍兵衛に目を遣《や》り、「ちと教えて貰いてえことがあるんだが」

「少々お待ち下さい」

その男は、奥に座っている白髪《しらが》混じりの男に尋ねている。千吉の声はよく通る。来意は聞こえている筈だった。

白髪混じりの男が立ち上がり、軍兵衛と千吉の前に腰を下ろした。

「蔭山三左衛門でございます。お尋ねの向きを、承《うけたまわ》りましょう」

「見てほしい矢があってな」

軍兵衛は下っ引から矢を受け取り、三左衛門に手渡した。

「なかなかよい拵《こしら》えでございますな」

三左衛門が即座に言った。

どこがよいのか、訊いてみた。仙十郎から聞いた内容と同じだった。

「しかし」と三左衛門が、呟《つぶや》いた。「使い方が荒っぽいですな。矢羽《やばね》が相当傷《いた》んでおります」

「それは、持っている矢の本数が少ないので、頻繁《ひんぱん》に使った。それがために傷んだ、ということかい？　それとも、他に訳があったとか」

使い減りしているのならば、大名とか大身旗本ではなく、家禄の低い旗本の可能性が出て来る。

「そうではなく、弓を引く力が強いのでございます」

「怪力って訳か」軍兵衛の目が光った。「怪力で、この矢を飛ばしたとする。今のところ四町離れたところで飛んでいるのを見た者がいるのだが、果たしてどれ程飛ばすことが出来るのか。そいつを知りたいのだが」

「実際に見ていただいた方が分かり易《やす》いかと存じます。庭に回っていただけましようか」

「構わねえよ」

三左衛門は弟子を呼ぶと、藁《わら》小屋に、と命じた。

弟子の案内で、土蔵の前を通り、庭に回った。庭の隅《すみ》に大きな小屋が建っていた。

小屋の入り口は、天井まで届く巨大な観音扉《かんのんとびら》になっており、開くと正面も天井も両側の壁も積み上げられた藁束で覆《おお》われていた。

「射てみなさい」

三左衛門が弟子に言った。

「一町先の的」

弟子が矢を番《つが》え、心持ち矢を水平より上に向けて放った。

「二町先の的」

また弟子が矢を射た。先程の時よりも、矢の角度が上がった。

「三町先の的」

矢の角度が更に上がった。

「四町先の的」

斜め上に向けて矢を放った。殆ど壁と天井の境目辺りに矢が刺さった。

「五町先の的を射貫《ぬ》くとなると、この弓では難しくなります。六町は絶対に無理と申し上げても間違いございません」

「だがな、実際に五町か六町飛んでいるんだ」

「例えば、強風にのったとすれば、間違って飛ぶことがあるかも知れません。しかし、それも五町までで、六町は飛ばぬ筈」

「そうか。飛ばねえか」

「今矢を射ておりましたのは弓胎弓《ひごゆみ》と申しまして、最も遠くまで飛ばせると言われている弓でございますが、その弓にしても六町は無理だと申し上げたのでございます」

三左衛門が、悪戯《いたずら》っぽく笑みを浮かべると、続けた。

「今ではお使いになる御家中《ごかちゅう》もない筈ですが、その昔、ある弓がございまして、それを使うと矢が七町三十間《けん》（約八百十七メートル）も飛んだと聞いたことがございます」

「七町三十……」

下っ引が頓狂《とんきょう》な声を上げた。

「あるのかい」軍兵衛が訊いた。「そんな弓が」

「弩《ど》あるいは石弓《いしゆみ》と呼ばれる、唐《から》渡りの弓でございます」

「聞いたことも、ございやせん」

千吉が首を横に振った。

「仕事場《ここ》には？」

軍兵衛が土蔵の方に目を遣った。

「残念ながら」

「どうして、持ってねえんだ？」

「矢継《やつ》ぎ早《ばや》、という言葉がございます。物事を手早く続けざまになす様を言い表わした言葉でございますが、弩は矢を継ぐのに、徒《いたずら》に手間がかかるのでございます。それゆえ、どなた様もお使いにならず、いつしか忘れ去られてしまっておるのでございます」

「それを持っているとなると？」

「余程《よほど》弓のお好きな御方か、そのような珍しい品が身近にあった御方でございましょう」

「唐渡りの品しかねえのかい？」

「いえいえ、一時期は各地で作られていたとか。弩の矢は短くて矢羽が少ないものなのですが、改良し、普通の矢でも射られるものもある、と聞いたことがございますが、私の師匠も、そのまた師匠も作ってはおらぬ筈。今や誰も作ってはおらぬと思われます」

「その改良された弩じゃねえかって言うんだな」

「六町飛んだとなると、恐らくそうではないか、と」

「もう一度訊く。誰も作っていねえ弩を持っているとなると、どんな奴なんだか、思うところで構わねえ、言ってくれ」

「大名家の場合は、御先祖の御遺品を大切にしている御家。唐渡りということを考えますと、西国筋。旗本家の場合は、西国と強い関わりのある御家などではないでしょうか」

「やはり、元が唐渡りだけに西国が絡《から》むのかい」

「今でも、こっそり入って来ぬとは言い切れませぬゆえ」

「俺を含め、そこら辺りの御家人や家禄の低い旗本連《づ》れには？」

「御答えし辛いのでございますが、御無理かと」

「最後にひとつ、教えてくれ。いつ弩だと気付いた？」

軍兵衛が落ちている藁の茎《くき》を銜《くわ》え、嚙《か》みながら言った。

「最初から弩だとは思わなかった筈だ。どの辺りで弩かも知れねえと当たりを付けた？」

「矢師の手により丁寧に繕《つくろ》われておりますが、矢羽がひどく傷んでいたからでございます」

「怪力だと言った辺りだな」

「弓を引く力が並の力ではない、と踏んだのでございます」

「それは矢師ならば直ぐに気付くことかい？」

「そう思いますが」

「気付かなかったのもいる」

「………」

三左衛門が物問いたげな顔をした。

「何でもねえ、独《ひと》り言だ」

その日から、伊賀町の矢師・中嶋金右衛門に見張りが付いた。

留松と新六が、組になって張り付いたのである。

――弩と分かっていて空《そら》っ惚《とぼ》けたのか、それとも目利きではなかっただけの話なのか、まだ分からねえが、惚けたのだとしたら、何かにぶち当たる筈だ。奴が動くまで、辛抱《しんぼう》して見張ってろ。

留松らが軍兵衛の口利きで紙問屋の二階隅の小部屋を借り、詰めてから二日が経った。金右衛門に目立った動きは何もなかった。

「こうしていても、埒《らち》が明かねえ」

少し早いかとも思ったが、軍兵衛が千吉を連れて、妹尾周次郎の屋敷まで出掛けようとしているところへ、中間の源三が奉行所に訪ねて来た。

「一刻も早い方がよい、と殿様が仰《おお》せになられまして」

「何か分かったのか」

詰所脇の座敷に入れ、早速尋ねた。

「見た者がおりやしたんでございます。空をピューと横切って行くのを、確かに見たと申しておりました」

「出来《でか》したぞ。どっちからどっちに向かって飛んで行ったか、訊いてくれたか」

「抜かりはありません」

源三は天井を見上げ、目で矢を追うようにして、

「南西から」と言った。「北東だったそうです」

「北東だな？」

「そうです。御門の方角でございます」

中間の名と屋敷名を訊き出し、源三に一分《ぶ》金を与えた。

恐縮する源三に、明日中間を訪ねるので、呼び出しの労を執《と》ってくれるよう頼み、屋敷に戻した。

「弩だぞ。間違いねえ」

軍兵衛は、江戸の実測図『江戸大絵図』を取り出し、千吉との間に広げた。

「ここが四ツ谷御門。ここが与助が射殺された四ツ谷伝馬町一丁目。ここが笊売りが矢を見た南寺町通り。そして、ここが中間が矢を見たところ。ここから南西に下がって行くと」

あるのは、大名屋敷と大身旗本の御屋敷だった。伝馬町から七、八町の屋敷を見た。大名家の中屋敷と下屋敷に、大身旗本の屋敷があった。

「この中にいるんですかね」

「分からねえが、明屋敷《あけやしき》があるとも限らねえ、見に行くぞ」

軍兵衛は千吉を伴《ともな》い、堀を回って四ツ谷御門へと向かった。

ふたりは無言で足を繰り出した。伝馬町を過ぎ、西念寺の前を素通りし、寺々の間を南西へと進んだ。

大名屋敷の建ち並んだ一角に出た。

「ここら辺りだろうな」

軍兵衛が、白く長く続く土塀を見ながら言った。青梅《おうめ》で採れた石灰《せっかい》で、土塀の表面を白く塗《ぬ》ったのである。小柄《こづか》で穿《ほじ》れば、土が露出する。

（人の営《いとな》みと同じよ。上っ面《つら》だけ塗りたくっても、その下には何があるか）

軍兵衛は土塀を掌《てのひら》で叩いてから、ここはどなたの御屋敷だ、と千吉に訊いた。

「訊いて参りやしょう」

千吉が軽快な足取りで辻番《つじばん》小屋へと走った。

千吉の腰がくの字に曲がった。右や左に手を回し、辻番にあちこち尋ねているらしい。

程無くして、千吉が駆け戻って来た。

「分かりやした」

千吉が、軍兵衛の背後に広がる屋敷を指した。

「こちらは西丸《にしのまる》御留守居役《おるすいやく》の村越左近将監《むらこしさこんしょうげん》様の御屋敷だそうでございやす。向かいは阿波鳴門《あわなると》十八万石の……」

千吉が、言葉を切った。

「旦那、どうかしたんですかい？」

「俺の記憶に間違いなければ、村越様は前《さき》の長崎奉行じゃねえか」

「長崎って旦那、それじゃ、弩に繋《つな》がったじゃございやせんか」

「言うな。まだ決まった訳じゃねえ」

「でも、ここらは丁度《ちょうど》七、八町の……」

千吉が口を噤《つぐ》んだ。軍兵衛が聞いていないと知れたからだった。軍兵衛が見詰めているものを追った。

ひとりの武家が辻番小屋の方から歩いて来た。千吉の目でも、腰の据わりが尋《じん》常《じょう》の者ではないことが分かった。

「旦那……」

「騒ぐな」

軍兵衛は両の腕を下げると、軽く身構えた。千吉が塀際に下がった。

武家は前方を見据えたまま、何も言わず、通り過ぎた。

「何でやすか、おっかねえお侍でござんすね」

「誰だか訊いて来い」

千吉が、再び辻番小屋に走った。

「村越様の御用人《ごようにん》様で、脇坂久蔵《わきさかきゅうぞう》様と言われるそうです」

「脇坂……？」

「御存じで？」

「知らねえが、彼奴《あやつ》の目は繋がれ犬の目じゃねえ。出来ることなら、関わりなんぞ持ちたくねえな」

「まったくで」

千吉は太い息を吐くと、この近くのどこかに、と言った。

「矢を磨きながら安穏《あんのん》と暮らしている奴が、いやがるんでしょうね」

「逃がしはしねえよ」

「でも、旦那」

千吉が、辺りに目を配り、声を潜《ひそ》めた。

「相手がお侍では……」

「手段《てだて》は幾らでもある。きっちりと償《つぐな》わせるまで止《や》めるつもりはねえ。誰が相手でもな」

軍兵衛は、脇坂久蔵の去った方に歩き始めた。

三

更に二日が経った。

昼の四ツ（午前十時）を回って間もなく、年番方《ねんばんかた》与力の島村恭介を内《うち》与力の三《さい》枝幹之進《ぐさみきのしん》が訪ねた。年番方与力の詰所にいたのは、島村だけだった。即座に、そうと見て取った三枝が訊いた。

「よろしいですかな」

「どうぞ」

島村は手控え帳を閉じ、三枝に座るよう勧《すす》めた。

内与力は、町奉行職に就《つ》いた大身旗本が家臣の中から選んだ私設の秘書で、用人のような役割をした。私設の秘書だから、他の与力らが、町奉行が代わろうと与力の座にあるのに対し、主が奉行職を降りると、自らも与力職を辞し、元の家臣に戻ることになる。

「調べの方は、いかがですかな？」

「何の、でしょうか」

島村は、わざと惚けて見せた。三枝は、鼻の脇に深い皺を刻《きざ》むと、

「魚売りの一件です」

つまらなそうに言った。

「あれはまだ、調べの途中でして、そのように御奉行には申し上げておりますが」

「そこなのです。町奉行が扱うのは町屋の事件ゆえ、これ以上の探索は無用ではないかと仰《おお》せになっているのですが、いかが？」

「身共《みども》もそのように思うておりました」

「流石《さすが》、島村殿は話が早い」

三枝幹之進が、大きく頷《うなず》いて見せた。

「ところが、です」島村が、僅《わず》かに声音《こわね》を潜めた。「新たな筋が見えて来たのですな」

「新たな？」

「大店の主かも知れぬのです、矢を射たのが」

「実《まこと》でござるか」

「矢場に通い詰めた挙句《あげく》、道楽が高じ、本物の矢を射ってみたくなった者がおるやに聞いております。その者を徹底的に調べるつもりでおります」

「そのこと、御奉行には？」

「今少し確証を得てからと思うておりましたが、本日早速申し上げましょう」

「その者が矢を射たのであればよいが、万一にも武家の所業《しょぎょう》と分かった時は」

「町奉行所としては御目付に届けるのが手順と心得ますが、まずは御奉行の御意向を伺《うかが》うのが先かと」

「そのこと確認しておきたかったのでござる。お忙しいところを失礼いたした」

三枝が詰所を出ると、島村も詰所を後にして、三廻りの詰所を覗いた。

三廻り、すなわち定廻《じょうまわ》り、臨時廻り、隠密《おんみつ》廻りの同心詰所である。

皆詰所を出払っていた。それぞれが大江戸を歩き回っているのだ。

島村は、己が現役の風烈《ふうれつ》廻り方与力であった頃のことを、思い出した。歩くことが、事件に出会うことが、楽しくて仕方なかった。

（愚痴なんぞ、聞かせなくてよかったわ……）

島村は、独りごちながら、また己の詰所に戻った。

夕刻、探索から戻り、井戸端で口を漱《すす》ぎ終えた軍兵衛が、島村恭介を訪ねた。

「どうした？　其《そ》の方から来るとは、珍しいではないか」

「そろそろ小煩《こうるさ》く言って来る頃だと思いまして」

「儂《わし》が、か」

「いえ」と言って軍兵衛が、奉行所に隣接する奉行の役屋敷の方を見た。

「よい勘《かん》をいたしておるな」

「やはり」

「来た」

意気込んで尋ねようとする軍兵衛に、河岸《かし》を変えよう、と島村が言った。

「付き合え」

島村は、供の中間どもに待つように言い置き、軍兵衛を連れて、奉行所を出た。

常盤橋御門を通ると南に折れ、北鞘町《きたさやちょう》の裏路地に入った。間口が二間ばかりの仕舞屋《しもたや》が並んでいた。島村は、そのうちの一軒の引き戸を声も掛けずに開けると、さっさと中に入り、来い、と軍兵衛に言った。

薄暗い土間の向こうに人がいた。女だった。

「上がるぞ」

島村が、二階に目を走らせてから女に言った。

「何か持って行きましょうか」

女が訊いた。掠《かす》れた声だった。

「あれは、あるか」

「出来ますよ」

「それと酒を頼む。そんなには飲まぬ」

「直ぐに参りますから、大事な話はしないでおいて下さいましね」

「聞かせねえから心配すんな」

女が小さく笑った。

二階に上がると、

「座れ」

島村は己の家であるかのように振舞いながら、障子《しょうじ》窓を開けて路地を見回し、また閉めた。それが島村の癖《くせ》だった。

島村が、訊かぬのか、と言って、階下を顎で指した。

「訊かれて困るところには連れて来ぬもの。訊かれてもよいところなら、訊く必要もないでしょう」

「可愛《かわい》くない奴よ」

島村が吐き捨てるように言った。

「楽しそうですね」

女がふたりの間に七輪《しちりん》を置いた。急いで火を熾《おこ》したらしく、黒々とした炭から火の粉が弾《はじ》け飛んでいる。

女は七輪に土鍋をのせ、薄い出汁《だし》を注《さ》すと、大皿と小鉢を島村に手渡した。皿には、大根の千六本《せろつぽう》と小口切りした根深《ねぶか》が、小鉢には鰹《かつお》の塩辛が盛られていた。

「ごゆっくり」

軍兵衛に言い、島村へは目で頷いて見せた。

「ありがとよ」

島村は、女の後ろ姿に声を掛けると、これはな、と鍋の話をした。女の足音が階段を下りて行く。

「塩辛の大根煮と言ってな。あの女の亭主の好物だったんだ」

煮立ったところで大根と塩辛を入れ、火が通ったら根深を加え、塩辛の塩味で食べる。

「美味いぞ」

炭火の様子を見てから、銚釐《ちろり》の酒を己と軍兵衛の杯に注《つ》いだ。

「亡くなったのですか、ご亭主は」

「生真面目《きまじめ》なのが取柄《とりえ》の岡っ引だった」

「どうして、これまで連れて来ては下さらなかったのです？」

「儂にもあの女房にも、色気が残っていたからに決まっておろうが」

島村が、悪戯っぽく笑った。どこまで本気なのか、分からない。

「頂戴します」

軍兵衛は酒を飲み干し、双方の杯に注いだ。

「詰所に来たのは」と島村が、突然言った。「内与力の三枝殿だ」

「いつのことです？」

「今朝だ。四ツを過ぎた頃であったか」

「打ち切れと？」

「そうだ」

「で、島村様は何と？」

「大店の主にくさい奴がおると答えておいた。折角《せっかく》中嶋金右衛門が知恵を授けてくれたのだ。使わせて貰った」

「ありがとうございます」

軍兵衛の顔が和《やわ》らいだ。

「別に、お前を喜ばすために言ったのではない」

島村が銚鳌を傾《かたむ》け、軍兵衛に勧めた。

「儂も、今が頃合《ころあい》だと思うておる」

「申し訳ありません」

「矢師の動きはどうなのだ?」

「まだ凝《じ》っとしておりますが、そろそろ動くのではないかと思われます」

「時を稼《かせ》いでいるうちに、早いところ証を固めろ。さすれば裏から御目付に届けてくれるわ。儂らの知らぬところで誰ぞが調べたとしてな」

「御奉行を通さなくとも?」

「構わぬ。あの御方は、御自身の出世のことしか頭にない。射た者が大名だとか大身の旗本だと知ったら、必ず恩を売ろうとするだろう」

島村が低いが強い口調で言った。

「あの御方の口癖は、町人《ちょうにん》の分際《ぶんざい》で、だ。そのような者に、町奉行職は務まらぬ。あの御方は飾りでよいのだ」

「怖いですな、島村様は」

島村は、上目遣いに軍兵衛を見遣りながら杯をぐいと呷《あお》ると、大根と塩辛を入れるよう命じた。

「煮立ったぞ」

第三章　猫間《ねこま》のお時《とき》

一

その日——。

定廻《じょうまわ》り同心《どうしん》・小宮山仙十郎は、岡《おか》っ引《ぴき》の銀次と下っ引の義吉と忠太に中間《ちゅうげん》を連れて、いつものように見回路《みちすじ》を回っていた。

土橋を渡った。刻限は、もう少しで昼八ツ（午後二時）という頃合《ころあい》だった。丸屋町《まるやちょう》、佐兵衛町《さへえちょう》、喜左衛門町《きざえもんちょう》、山城町《やましろちょう》、筑波町《つくばちょう》、山下町《やましたちょう》を通り、元数寄屋町《もとすきやまち》を過ぎ、数寄屋河岸《がし》に出た。

町屋の者たちが、何事もなく行き交《か》っている。順調な見回りだった。

人込みの中から、髪をつぶし島田《しまだ》に結い上げた女が急ぎ足で現われ、仙十郎らの四間《けん》程前を横切って、元数寄屋町二丁目の大通りを三原橋《みはらばし》の方へと折れて行った。背負った風呂敷包みに持ち重りのするものが入っているのか、息を弾《はず》ませていた。

お店《たな》奉公の女が届けものを言付《ことづ》かったのだろう、切れ長の目で真《ま》っ直《す》ぐ前を見詰めている。一途《いちず》な歩みが好ましかった。

歩を進めた。西紺屋町《にしこんやちょう》四丁目の自身番《じしんばん》が目と鼻の先に迫った。

前を行く義吉が、ふいに足を止めた。

仙十郎はぶつかりそうになり、思わず声を荒げた。

「何だ、いきなり」

義吉は薄く口を開けたまま立ち尽くしていたが、やがて振り向くと、間違いねえ、と言った。

「あいつだ……」

「どうした？」

仙十郎が訊《き》いた。

「旦那《だんな》、御覧になられやしたか。今そこを三原橋の方に行った女なんでやすが？」

「風呂敷包みを背負ったつぶし島田か」

「正《まさ》に」と言って、義吉が目を大きく見開いた。「その女でございやす」

「それがどうした？」

「片貝《かたがい》の儀十《ぎじゅう》の情婦《いろ》で、猫間《ねこま》のお時《とき》に相違ございやせん」

儀十は、凶賊夜泣きの惣五郎《そうごろう》の右腕と言われている男である。猫間のお時がいれば儀十がおり、儀十がいれば惣五郎もいる筈《はず》だった。

「馬鹿野郎、それを早く言え」

銀次が駆け出そうとして、仙十郎の命令を待っている。

「探せ」仙十郎が言った。「だが、捕えるな。見付けても後を尾《つ》けるに留《とど》めるのだぞ」

「承知いたしやした」

義吉を先頭にして銀次と忠太が、数寄屋河岸を三原橋方向に駆け曲がった。

仙十郎は中間に、先に自身番に行き、待っているように言い、自身も左右に並ぶ大店《おおだな》を覗《のぞ》き込むようにして女を探した。

程無くして、銀次らが戻って来た。欠けている者はいない。見失ったのだ。無理もなかった。三原橋の架《か》かる三十間堀《さんじっけんぼり》までの左右には蝶《ちょう》が羽を広げたように町屋が建ち並んでいる。路地をひとつ曲がられたら、とても見付け出せるものではない。

「相済《あいす》みません」

銀次らが頭を下げた。仙十郎は通りの端《はし》に皆を集めた。

「気にするな。この近くには、いるんだ」

義吉に尋《たず》ねた。

「お時だが、お店奉公と見たが」

「あっしも、同じで」

「通い勤めと見るか、住み込みと見るか、どっちだ」

「どちらとも……」

「言えねえな。だが、塒《ねぐら》か奉公先のお店が、この近くにある筈だ。あの身形《なり》は使いに出たとしか思えねえからな」

仙十郎は、もう一度ゆっくりと辺《あた》り一帯の町屋を流すよう、銀次らに言った。

「いいか。年の頃は十八、九。つぶし島田に……」

「旦那」

義吉が口を挟んだ。

「お時ですが、年は二十八、九の中年増《ちゆうどしま》でございやす」

「何だと！」

　仙十郎は女の姿を思い浮かべた。女の年を十歳も見間違える己《おのれ》ではない。どう見ても、三十路《みそじ》近くには見えなかった。

「信じられねえ。まだ初々《ういうい》しさがどこかに残っていたぜ」

「お言葉でございやすが、あっしがお時を最後に見たのは、七年前。その時は、もう二十歳は越えていた筈でございやす」

　義吉が正式に銀次の手下に付いたのは、三年前になる。それ以前には、東海道《とうかいどう》筋を流れ歩く小悪党だった時期があった。義父との折り合いが悪く、家を飛び出していた義吉が、義父の死により江戸に戻って来たところを母が意見し、幼馴染《おさななじみ》の銀次に引き合わせたのだ。銀次は、小宮山仙十郎の亡父に相談し、性根を叩《たた》き直そうと身柄を預かった。ところが、裏道を歩いて来たのが役に立ったのか、悪党の動きの先を読むことに長《た》けており、幾つか手柄を立てているうちに心根も改まったので、手下として受け入れたのである。儀十らとは、まだ小悪党であった頃、東海道筋で関《かか》わりを持ったことがあった。

「猫又《ねこまた》と言った方が正しいのかも知れませんが、愛くるしいところがあるので、誰言うとなく猫間となった次第で」

「成程《なるほど》な。すっかり化《ば》かされたぜ」

仙十郎は唸《うな》ってから銀次に、

「見付からなかった時だが」

どこか見張り所として使えそうな場所《ところ》はないか、尋ねた。

「お任せ下さい。心当たりが二、三軒ございやす。当たってみましょう」

「一帯を流し終え、見張り所が決まったら、七ツ（午後四時）頃誰かを迎えに寄《よ》越《こ》してくれ。詰所にいる。それから、まだこの一件は内密だからな。心得ておけよ」

「へい」

銀次が訳知り顔に頷《うなず》いて見せた。

自身番に向かう仙十郎を見送り、銀次らは再び三原橋方向へと足を急がせた。

義吉を前にして銀次と忠太が続いた。

西紺屋町四丁目、弥左衛門町《やざえもんちょう》、鎗屋町《やりやちょう》と元数寄屋町の二、三丁目を交互に見て歩いたが、女がどこに行ったのか皆目《かいもく》見当がつかなかった。

「どういたしやしょうか」

「堀沿いに、四半刻《しはんとき》（三十分）ばかり歩くか」

義吉が北に、銀次と忠太は南に下った。

義吉の後ろ姿を見遣《みや》ってから、忠太が銀次に訊いた。

「親分、夜泣きの惣五郎ってのは、どんな奴なんでござんすか」

「そうか、手前《てめえ》は知らなかったな」

「へえ……」

忠太が項《うなじ》に手を当て、ひょいと首を前に突き出した。

「八年前になるが、浅草《あさくさ》御門外・茅町《かやちょう》の薬種問屋に押込《おしこ》みがあった」

毒消しの《霧散丸《むさんがん》》が売れ、蔵に金が唸っていると評判の薬舗《くすりや》だった。主の《和泉屋《いずみや》》徳兵衛《とくべえ》夫婦始め、番頭に手代など総勢二十六名が寝静まった八ツ（午前二時）頃押し込まれ、皆殺しの上、蔵を空《から》にされた一件だった。

通いの番頭も、この日は主夫婦の祝い事があり、お店に泊まっていて惨劇に遭《あ》った。そのため、蔵の中に幾らあったのか正確なことは分からなかったが、二千両はあったと思われる。

近くのお店の奉公人の話や、出入りの商人らの話を合わせると、下働きの小女の姿が消えているとも言われていたが、小柄で特徴のない小女についてはっきりとしたことは不明だった。

「その小女が引き込んだのですかね」

「多分な」

「名は？」

「偽名だろうが、福《ふく》と言った。年の頃は十三、四ってことだった」

「お時ですかね」

「そして四年前になる。夜泣きの惣五郎が江戸に入った、という密告があった」

北町も南町も手柄を競い、懸命になって夜泣き一味の隠れ家を探した。

「突き止めたんで？」

「小網町の千吉親分が、配下の者を見掛けて、尾けたんだ」

千吉は軍兵衛に知らせ、即日軍兵衛を中心とした夜泣き捕縛の組が作られた。隠れ家の出入りを見通せるお店の二階を借り、軍兵衛らによる寝ずの番が始まった。

一味の者を尾行した結果、押込み先が絞《しぼ》られた。日取りも、五日後とほぼ読めた。

徐々に一味の者が隠れ家に集まって来た。更《さら》に人数は増えると思われた。皆が集まったところを一網打尽《いちもうだじん》にせよ。町奉行から命令が下った。

「二日が過ぎ、残りはまだ三日あるって日の夜のことだ」

夜中に突然、夜泣き一味が動き出した。黒の盗《ぬす》っ人装束《としようぞく》に身を固め、押込み先へと夜の闇《やみ》の底を音もなく進んで行ったのだ。

見張りに付いていたのは軍兵衛と千吉、それに下っ引がふたり。それだけだった。

軍兵衛は下っ引のひとりを奉行所に向かわせ、千吉と下っ引ひとりを供に、一味の先回りをすべく、直走《ひた》った。

「お店に入れる訳には行かねえやな」

軍兵衛と千吉が一味の行く手を塞《ふさ》ぎ、下っ引には呼子《よびこ》を吹かせ続けた。

「鷲津様は腕の立つ御方なのだが、多勢に無勢だ。お店への押込みは防いだが、千吉親分は肩と足を、鷲津様は頰《ほお》をざっくりと斬《き》られちまったって訳よ」

「頰、ですかい？」

「お前《めえ》が訊いた、あの傷だ」

忠太が口を開けて、合点《がてん》した。

「だから、先程小宮山の旦那が、まだ内密だと言ったんだ。ここで夜泣きの名を出したら、また鷲津様に取られてしまうからな」

「でも、隠し通せはしないでしょうし……」

「いつ岩田様か島村様に知らせるかだが、俺たちの口出しすることじゃねえからな。何も言うなよ」

「いやですぜ、親分。あっしは口が固いともっぱらの噂《うわさ》ですぜ」

「聞いたことがねえな」

銀次は立ち止まると前方を透《す》かし見てから、ここいらまでだな、と呟《つぶや》いて、踵《きびす》を返した。

「戻って、見張り所の交渉でもするか」

銀次は、弥左衛門町にある火打石《ひうちいし》問屋《鵙屋《もずや》》七右衛門《しちえもん》の二階東隅の小部屋を、見張り所として借り受け、

「このことを、小宮山の旦那に知らせて来い」

早速、義吉と張り付いた。

「旦那がお出掛けの時は、戻られるまで何も言わず待っているんだぞ。いいな」

言い含めて、忠太を北町奉行所へと走らせた。

堀沿いを北に行き、比丘尼橋を渡り、鍛冶橋《かじばし》と呉服橋《ごふくばし》を西に見ながら更に走って一石橋を過ぎると、常盤橋御門は目の前だった。忠太が御門内にある北町奉行所の大門前に着いた時、七ツの鐘が鳴り始めた。

ほっと息を吐いてから忠太は、門番に挨拶《あいさつ》をし、右側の潜《くぐ》り戸から門内に入った。

下っ引の忠太は、奉行所に雇われている者ではない。大手を振って大門を通る訳にはいかなかった。また、右側の潜り戸から入ったのは、左側の潜り戸は囚人などが出入りする不浄の門だからであった。

青板の敷石を踏み、玄関に行き、取次の者に小宮山仙十郎の名を告《つ》げた。間《ま》もなく仙十郎が現われた。

「行くぜ」

言うや、仙十郎が先に立って歩き始めた。途中、差し入れ用にと焼き餅《もち》を求めた以外は振り向きもしない。

「どこだ?」

尋ねたのは、数寄屋河岸に差し掛かった時だった。

忠太が指さそうとしたのを止め、口で言え、と仙十郎が小声で叱《しか》り付けた。

「誰が見ているとも限らねえ」

《鴫屋》七右衛門方の裏木戸から入り、主に礼を述《の》べ、見張り所にしている二階に上がった。

銀次と義吉が、障子《しょうじ》の陰から通りを見下ろしていた。

「いいじゃねえか。よく見通せるな」

仙十郎は、焼き餅を銀次に手渡すと、自らも障子の傍《かたわ》らに立った。

「明日から、どういたしやしょう？」

銀次が、餅を一口頬張《ほおば》りながら、仙十郎に尋ねた。

「六ツ半（午前七時）から、義吉と忠太に詰めて貰《もら》おうか。ふたりで代わり番こに見張っているうちに見回りを終えた銀次が駆け付けるってのは、どうだ？」

「あっしどもは、構《かま》いやせんが」

銀次が答え、義吉と忠太を見た。ふたりが頷いた。

「苦労だろうが」と、仙十郎がふたりに言った。「長い間ではないと思う。頼むぞ」

「とんでもございやせん。お役に立てて、喜んでおりやす」

「ありがとよ。差し入れは十分にするからな」

「そんなお気を遣われては、心苦しくていけやせん」

「まあ、そう言うな」

「へい」

「何刻頃、切り上げましょうか」

銀次が訊いた。

町の木戸は明六ツ（午前六時）に開けられ、夜四ツ（午後十時）に閉められる。それ以前と以後は、木戸番に頼めば開けて貰えたが、町屋の者が気兼ねなく歩き回れるのは、五ツ半（午後九時）過ぎ頃までだった。

「引き込みで入ったとするならば、疑われぬように夜の外出《そとで》は控える筈だ。六ツ半（午後七時）から五ツ（午後八時）頃までだろうな」

「必ず見付け出して御覧に入れやす」

銀次に合わせて、義吉と忠太が頷いた。

「今夜は、昼間通っての夜だ。もう現われねえかも知れねえからな。六ツ半で切り上げて酒でも飲むか」

忠太が即座に膝《ひざ》を叩き、歓声を上げた。

「馬鹿野郎」

銀次の荒い声が飛んだ。

比丘尼橋と京橋《きょうばし》の間に設けられた橋を、中《なか》ノ橋《はし》と言う。

この中ノ橋の北詰にある河岸は、青物、特に大根を扱う市場で賑《にぎ》わうことから大根河岸《だいこんがし》と呼ばれていた。

仙十郎らは、大根河岸を通り畳町《たたみちょう》に入った。畳町には、仙十郎の父親の代から馴染の小体《こてい》な料理屋があった。主は既に亡く、今は娘婿《むすめむこ》の代になっている。

稲荷《いなり》新道を折れ、料理屋の門を潜った。

飯を食い、酒を飲み、半刻程で帰路についた。

「明日から頼むぜ」

東に下り、弾正橋《だんじょうばし》へと向かった。橋を渡れば、本八丁堀。仙十郎ら町方《まちかた》の同心や与力《よりき》の住む組屋敷は、直ぐそこである。

「旦那……」

銀次が銜《くわ》えていた楊枝《ようじ》で暗がりを指した。男の棘《とげ》のある声が聞こえて来た。仙十郎は反射的に足を止めると、目を凝《こ》らし、耳をそばだてた。

路地の奥に人がいた。竹河岸《たけがし》の方から漏れて来る月明かりに、襷掛《たすきが》けをした男と女の姿が浮かび上がっている。男が女を詰《なじ》り始めた。

「手も足も、遅《おせ》えんだよ。鈍間《のろま》ってのは、お前《めえ》のためにある言葉だぜ」

女が目許《めもと》に手拭《てぬぐい》を当てながら、何度も何度も頭を下げている。男女の身形から して、煮売り酒屋の板場の者だと知れた。裏口は広く、空いた籠《かご》の量も多い。小さな煮売り酒屋ではなさそうだった。

「泣いて愚図《ぐず》が治りゃいいが、泣いたって始まらねえだろうが。お前には、遣《や》る気ってもんがあるのかよ」

女の斜め横顔が、仄明《ほのあ》かりに浮かんだ。仙十郎の袖《そで》を銀次が引いた。どうした？　仙十郎が目で尋ねた。

「あれは」と銀次が、女から目を離さずに言った。「与助の女房じゃございやせんか……」

「…………」

仙十郎が、首を伸ばすようにして奥を覗いた。

細い肩を震わせて、女が涙を振り絞っている。

「間違いねえ、与助の女房だ。名は何と言った？」

「お糸でございやす」

「こんなところで働いているのか」

「いつまでも借店に籠《こも》っている訳にゃ行かねえんでしょう」

「赤ン坊がいただろう。どうしたんだ？」

「長屋に子沢山がおりやしたから、恐らくそこで預かって貰っているんじゃねえですか」

泣き熄《や》もうとしない女の肩に、男が手を置いた。

「野郎！」

義吉と忠太が、袖をたくし上げた。

「待て」仙十郎が小声で制した。

「泣くんじゃねえ、いつまでも」

男が、裏口から屋内を透かすように覗き込みながら、女の肩に置いた手を揺すった。男の声音《こわね》が、変わっている。

「俺は、お前が憎《にく》くて言ってるんじゃねえ。俺が言わないと、誰かがお前さんに言うことになる。その時のことを考えるとな、何だからよ、皆にも聞こえるように強く言ったんだ。分かったら、顔を直して、入《へえ》って来い」

銀次の唇《くちびる》から吐息が漏れた。

「僅《わず》かの銭のために大変でございやすね、あの後家《ごけ》さんも」

ひとりで子供を育てて行かねばならねえんだ。仙十郎は自《みずか》らに言い聞かせるように、銀次らに言った。

「手前《てめえ》が強くなるしかねえ。縋《すが》る亭主はいなくなっちまったんだからな」

「まったくで」

銀次の言葉を背で聞きながら、仙十郎はずんずんと先に立って歩き始めた。

「あれから七日か……」

仙十郎が目許に手を当てるのを、銀次は見逃さなかった。

「鷲津の旦那のお調べは、どこまで進んでいなさるんでしょうね？」

「銀次」

「へい」

「明日は出が遅れてもよい。朝、ちょいとお糸の長屋を訪ね、様子を見て来てくれ」

「そういたします」

仙十郎の後を銀次が、その後を義吉と忠太が黙って歩いた。酒の気は抜けていた。

二

七ツの鐘が鳴って半刻が経《た》つ。七ツ半（午後五時）になった。

伊賀町の矢師・中嶋金右衛門が、弟子らに見送られて表に姿を現わした。

「出て来やした」

細く開けた障子の隙間《すきま》から見張っていた下っ引の新六が、千吉に小声で言った。

場所を代わった千吉が、通りを見下ろした。合切袋《がっさい》を手にした金右衛門が、辺りを気にするような素振《そぶ》りを見せてから、足早に歩き出した。

「においやすね。もしかすると、金の字の奴、当たりかも知れやせんぜ」

もうひとりの下っ引の留松が囁《ささや》いた。

「尾けるぞ」

言うや千吉が階段へと急いだ。留松と新六が続いた。

金右衛門は伊賀町を出ると、四ツ谷御門の方へと歩いている。

「本当に当たりらしいぜ。旦那に知らせろ。どっちに向かったかは、麹町十一丁目の自身番に教えておく。後は分かるな？」

「合点承知《がってん》」

新六は通りを南に折れると、喰違《くいちがい》御門の先にある赤坂御門へと向かった。赤坂御門を通り、大名屋敷の間を抜けて日比谷《ひびや》御門に出、そこから北町奉行所を目指すのである。

金右衛門は四ツ谷御門を潜ると、尾張《おわり》徳川家の附家老《つけがろう》・成瀬隼人正《なるせはやとのかみ》の屋敷近くで辻駕籠《つじかご》を拾《ひろ》った。この時刻ならば、まだ辻駕籠を拾えるが、もう一刻も過ぎると、この辺りは人通りがぱたりと途絶え、それまでの人の行き交う様が嘘《うそ》のように静かになる。金右衛門は半蔵御門の方へと駕籠を急がせた。

「留、頼んで来い」

「へい」

留松は、麴町九丁目にある自身番に立ち寄り、家主《いえぬし》らに軍兵衛への伝言を頼むと、千吉の後を追った。

「ばたばた走るんじゃねえ」

千吉が苛立《いらだ》ちを見せている。留松にも緊張が奔《はし》った。

八丁目を過ぎ、七、六、五丁目を通り、四丁目の角を東南《たつみ》の方角へと折れた。

突き当たりは馬場で、その手前には平川天神社《ひらかわてんじん》がある。

平川天神社裏は、寛政《かんせい》期になると蔭間《かげま》茶屋で賑わうことになるが、この頃は料理茶屋がぽつりぽつりと見掛けられる程だった。

金右衛門が、檜皮葺《ひわだぶ》き門の前で駕籠を降りた。高禄《こうろく》の武家や大店の主らを贔屓《ひいき》に持つ《春日井《かすがい》》だった。門脇の柱行灯《はしらあんどん》の薄明かりの中で、駕籠舁《か》きが何度も金右衛門に頭を下げている。酒代を過分に貰ったのだろう。金右衛門の姿が門の内側に消えた。

「ここは俺に任せ、途中まで旦那を迎えに行ってくれ」

千吉が留松に言った。

「俺は、奴の相手が何者だか見定めてやる」

留松を走らせた千吉は、天神社の木陰に隠れた。

四半刻が過ぎ、半刻が経った。《春日井》に入る者も出る者もいない。

(早まったか)

唇を噛《か》み締めたところに、影が三つ近付いて来た。

「待たせたな」

鷲津軍兵衛の声だった。

「とんでもございやせん」

「動きは？」

「それが、まったくないんで」

「誰か来たか」

「あっしが来てからは、猫の子一匹通りやせん」

「探りを入れてみるか」

木陰から出ようと足を踏み出した。そこに、空き駕籠が来た。駕籠屋が到来を告げている。間もなくして、門内で幾つかの影が動いた。女将《おかみ》なのだろう、華やいだ声が聞こえた。

女将と仲居に見送られているのは、金右衛門だった。

右手をひらひらとよく動かし、何やら楽しげな笑顔を見せている。

（左手は……）

真っ直ぐ下に降ろしたままだった。左手首に紐《ひも》を掛け回し、重いものが入っているのか、合切袋がぐぐっと下がっている。

「あれは、小判だな。たんまりと入っているぜ」

「何の金でやしょう？」

「どう見る？」

「強請《ゆす》ったんでしょうかね」

「そうとしか見えねえな」

「どういたしやしょう？」

千吉が、身を乗り出した。

「金右衛門がどこに行くか、尾けてくれ。俺は、奴が誰に会っていたかを訊き出しておく」

「何やら先が見えて来たようでございやすね」

「だと、よいのだがな」

「新六、来い」

千吉が駕籠の後を追った。

「客の姿を千吉が見ていないということは、裏口がある筈だ。見付け出し、見張ってくれ」

留松が板塀沿いに裏へと走るのを見届けてから、軍兵衛は檜皮葺きの門を潜った。式台の上に立ち、女将が仲居にあれこれと指図《さしず》している。軍兵衛が声を掛けた。

「訊きてえことがある。上がらせて貰うぜ」

「お待ち下さい」

女将が両手を広げて遮《さえぎ》ろうとした。軍兵衛が女将の手を払い退《の》けた。

「八丁堀の旦那ともあろう御方が、何を御無体《ごむたい》な」

「無体なのが八丁堀だ、覚えておけ」

軍兵衛が、雪駄《せった》を脱ぎ捨てた。

ずかずかと板廊下を奥へ進んだ。

「旦那、八丁堀の旦那」

再び立ち塞がろうとする女将を押し退け、軍兵衛は座敷を覗きながら離れへと向かった。

廊下にいた仲居が端に避けた。

「矢師の中嶋金右衛門がいた座敷はどこだ?」

「そのような御方は、存じ上げませんが」

「隠し立てする気か」

「滅相《めっそう》もございません」

仲居が口を尖《とが》らせて首を横に振った。

「そうではなくて、どなたが矢師の御方なのか、私は存じ上げないのでございます」

「今帰った客だ。年の頃は……」

合切袋を提《さ》げていたことを教えた。

「その御方でございましたら」仲居が、右手奥の座敷を手で指した。「離れをお使いでございました」

「相手は？」

「御武家様でございます」

「まだいるのか」

「さあ、どうでしょうか」

「お前さん、名は？」

「富《とみ》と申します」

「帰らずに、いろよ」

軍兵衛は、大股《おおまた》で離れの前に行き、御免、一言言い放って障子を開けた。

膳《ぜん》がふたつ残されているだけで、座敷は空だった。

膳の肴《さかな》には殆《ほと》ど箸《はし》をつけた跡がない。

「おい」

板廊下を戻り、帳場の障子を開けた。

女将と先程の仲居のお富が、飛び退くようにして離れた。

「驚くじゃございませんか」

「裏口は、どこにある?」

「こちら側の庭に……」

と女将が、一方の壁に目を遣った。

「そこだけか」

「はい」

外廊下に出、留松の名を呼んだ。直ぐに留松が、網代戸《あじろど》の木戸門を開けて入って来た。

「誰か、出て行ったか」

「いいえ、誰も」

「確かに」と女将に訊いた。「他に出口はねえんだな?」

「嘘なんざ吐《つ》きませんですよ」

その時、隠し部屋に思いが至った。料理茶屋では、外からそれと分からぬよう、座敷の中に秘密の小部屋が設けられていることが多かった。

「畜生《ちくしょう》」

軍兵衛は、離れに取って返し、次の間の襖《ふすま》を開いた。隅の押し入れの戸が細く開いている。押し入れに入り、横の板壁を押した。くるりと回り、隠し部屋が現われた。

「ここから逃がしやがったか」

馴染の客であれば、何か事が起こった場合は、隠し部屋から外へこっそり逃がしてやることもあった。

「ふざけた真似《まね》をしやがって」

軍兵衛の足音が廊下に響いた。女将は帳場から一歩も動いていなかった。軍兵衛は刀を鞘《さや》ごと抜き取ると、長火鉢の前に胡座《あぐら》を掻《か》いた。

「虚仮《こけ》にされたまま引っ込む北町ではない。離れの客が誰だか話すまで、俺は帰らねえし、お前もここから出さねえからそのつもりでいろ」

軍兵衛は、火箸で火床を荒っぽく掻き分けた。

「誰なんでい？　隠し立てしていると、とんだとばっちりを食らうことになるが、それでもいいのか」

大きな声だった。帳場を抜け、厨《くりや》から近くの座敷にまで届いている。出て来てもよい筈の亭主が、一向に姿を見せない。

「亭主は、どうした？」

「出ておりまして……」

隠し部屋へと導いたのは、亭主だと知れた。見張りの目を想定し、裏道を辿《たど》る。今夜は当分戻らぬ気でいるに違いなかった。

「そうかい。そっちがその気なら、明日から毎日自身番まで来て貰ってもいいんだが、どうする？」

女将の顔が微《かす》かに揺れた。

（ここだ）

軍兵衛が嵩《かさ》にかかろうとした時、

「やけに騒々《そうぞう》しいが、何が起こったのだ？」

障子の陰から男が現われた。

酒に頬を染めた顔には見覚えがあった。内与力の三枝幹之進だった。

三枝が酔眼《すいがん》を細く尖らせた。

「其の方は、鷲、鷲津とか申したな？　何を騒いでおるのだ？」

「ちと調べがございまして」

「調べか。それは御苦労だな。女将、知っていることを話してやったらどうだ？」

「何も知らないのでございます」

「知らぬと言うておるぞ」

「初めて見えた御武家様なのに、誰だか話せ、とそれはきつい仰《おっ》しゃりようで」

「武家、だと」

三枝の目が光った。

「何ゆえ、武家のことを調べておるのだ。武家の取り締まりは、奉行所の御役目ではなかろう」

「町屋の者を追い込むためにも、誰だか知らねばならぬのです」

咄嗟《とっさ》に吐いた嘘だった。

三枝は鼻の脇に笑い皺《じわ》を作ると、女将に訊いた。

「何か、その者の特徴は覚えておらぬか」

「ずっと頭巾《ずきん》を被《かぶ》っておられましたので」

「酒を飲んでいる時もか」

「呼ぶまで来るなとの仰《おお》せゆえ、御座敷には誰も」

「ならば、顔は見ていない訳だな」

女将は頷くと、仲居のお富を見た。お富も頷いて見せた。

「頭巾をしている御方の顔は覗かない。それでなくては、この商売はやっていけませんのでございますよ」

女将の言葉を待って三枝が、その辺でよかろう、と言った。

「頭巾を被っていられたのでは、どうしようもあるまいて」

軍兵衛は、三枝を無視し、膝を叩いて立ち上がった。

「今夜はこれで引き上げるが、何か思い出すかも知れねえからな、また来るぜ」

「御目付《おめつけ》の御役目にまで、手出しするではないぞ」

「十分心得ております」

「それならば、よい」

帳場を出ようとしていた軍兵衛を、留松が呼んだ。表からだった。忙《せわ》しげな話し声もする。千吉とともに、矢師の後を尾けて行った新六の声だった。

「どうした？」

「斬り殺されやした」と新六が言った。

「矢師か」

「へい」

「何てこった」

「いかがいたした？」

玄関口へと付いて来た三枝が訊いた。女将と仲居が、廊下の隅から見ている。

「何、大したことではございません」

「徒事《ただごと》とは思えぬ声であったぞ」

「離れの客が、斬り殺されただけでございます」

口許を押さえている女将と仲居に、軍兵衛が言った。

「せいぜい用心するこったな。次に狙《ねら》われるのは、顔を見られたかも知れねえお前さんたちだからな」

「斬った相手は分からぬのか」

「頭巾を被っていた者が関わっていることは確かなんですが、それがどこの誰なのかは、皆目見当が付きません。当分は野放しでございますな」

女将と仲居の咽喉《のど》が鳴った。

金右衛門が襲われたのは、麴町九丁目の通りだった。

突然駕籠の前に立ちはだかった黒頭巾に黒羽織《くろばおり》の侍《さむらい》が、抜刀して斬り掛かって来たらしい。駕籠舁きのふたりは、駕籠を捨て、来た道を逃げ戻った。そこで千吉と新六に出会《でくわ》したのだった。

千吉らが駕籠に着いた時には、金右衛門は血の海に沈んでいた。一太刀《ひとたち》だった。脇から胸へと逆袈裟《ぎやくけさ》に斬り上げられ、傷口からはまだ血が噴き出していた。

半蔵御門から四ツ谷御門に臨《のぞ》む麴町の大通りは、夜が浅いうちは人通りがあるのだが、四ツ谷御門近くは違った。九丁目と十丁目は、徳川御三家の尾張家と尾張家の附家老の成瀬家、そして通りの北側の町屋裏に広がる寺社地のため、人通りが絶えるのである。

「知っていやがる」

軍兵衛が通りを見回した。

狙い澄《す》ました凶行であるのは、明白だった。

金子《きんす》を与え、油断した金右衛門を先回りして待ち伏せ、襲ったのだ。それも、通りから人通りの途絶える瞬間と、駕籠が町屋の陰に隠れて、尾けている者の目から消えた瞬間を狙ってのことだった。

「殺しの壺《つぼ》を心得ておりやすね」

千吉が、十手《じって》の先で合切袋を突いた。小判のずしりと重い音がした。

「香典は遺《のこ》して行きやがったか」

軍兵衛が、合切袋の口を開いた。百両あった。

「留松、苦労だが、あの仲居を尾けてくれ」

「何か」留松が訊いた。「御不審なことでも？」

「塒を知りてえんだ。明日になれば、頭巾の侍が誰だか白状するに違いねえからな」

「分かりやした」

留松は、親分である千吉から改めて言葉を貰い、麴町の夜に消えた。

留松の後ろ姿を見送った千吉が、足許の遺体を見下ろした。

「旦那、自身番まで走りやすが、よろしいでしょうか」

「伊賀町にもな」

「新六を走らせましょう」

「そうしてくれ」

翌朝軍兵衛は、麹町六丁目の自身番にいた。

突然の臨時廻りの出現に、家主以下自身番に詰めていた店番らは極度の緊張に襲われた。

「気にしないでいてくれ」

と軍兵衛は、さらりと言うのだが、自身番の連中には無理なことだった。家主らは、掃除を言い訳に軍兵衛のいる自身番を出、前を裏を何度も箒《ほうき》を手にしてうろつき回っている。

その頃千吉は、留松の案内で、善国寺《ぜんこくじ》横町、別名神保小路《じんぼうこうじ》の奥裏にある《喜助《きすけ》長屋》に足を運んでいた。昨夜留松が尾行して突き止めた、お富の住処《すみか》だった。鳶職《とびしょく》だった亭主は、お富が二十六の時に屋根から落ちて死に、今は病身の義母とふたりで暮らしていた。

御取り調べだからと言って、懸命に生きている者の暮らしに波風を立てることは避けねばならない。十手持ちに呼び出されたなどと長屋で噂にならないように、千吉は料理茶屋《春日井》の使いの者として戸を叩いたのだった。

昨夜の、野放しの一言が効いたのか、自身番に着いた時には、

「私が知っておりますことは、何でもお話しいたします」

殊勝《しゅしょう》な態度になっていた。

軍兵衛は、家主らを自身番から遠ざけると、お富を畳の間に上げ、衝立《ついたて》で姿を隠し、留松に茶を用意させた。

「話す気になってくれたのは嬉《うれ》しいが、たとえ白を切ったとしても、お前さんを問い質《ただ》そうなんて気は微塵《みじん》もねえんだ。それでも話してくれるのかい？」

「はい。昨夜《ゆうべ》は怖くて眠れませんでした」

「そうかい。俺たちも、人の命を命とも思わぬ奴を放《ほう》っておいては八丁堀の名が泣くってものだからな。頼むぜ」

軍兵衛は、一旦《いったん》言葉を区切ってから、改めて訊いた。

「それでは尋ねるが、頭巾の侍が誰だか、知っているんだな？」

「はい」

「名は？」

「御旗本《はたもと》・村越様の御次男様でございます」

千吉が瞼《まぶた》を大きく見開いたまま固まっている。

「村越様って」軍兵衛が訊き返した。「西丸御留守居役の、あの村越様か」

軍兵衛の眼の底に、白く塗られた土塀が甦《よみがえ》った。

「はい」お富が答えた。「左様でございます」

「千吉」

「へい」千吉が軍兵衛の顔を覗き込んだ。

「村越様だが、調べてみた。西丸御留守居役の前は、やはり長崎奉行だった」

村越左近将監氏周《うじちか》。二千四百三十石。旗本として望み得《う》る最高の地位に上り詰めた者のひとりだった。

長崎奉行は、国を閉ざしていた日本にあって、唯一門戸《もんこ》を開いていた長崎を統治する、最高責任者である。役目は、交易品の管理や抜け荷の取り締まりなどで、遠国《おんごく》奉行の筆頭と言われていた。また西丸留守居は、若年寄支配で旗本の功労者が就《つ》く名誉職的な役職だった。つまり村越左近将監は、功成り名を遂《と》げた旗本であった。

西国と強い関わりのある御家などではないでしょうか。矢師・蔭山三左衛門の言葉が思い起こされた。

（当たったぜ）

長崎奉行ならば、ぴったりだった。何かの折に弩《ど》を手に入れたのかも知れない。

「旦那……」

千吉の腰が、引けている。軍兵衛は、千吉の腰を蹴《け》るように凜《りん》とした声を発した。

「次男だが、何という名だ？」

「源次郎《げんじろう》様でございます」

「昨夜、《春日井》へは、源次郎ひとりで来たのか」

「いいえ」答えてから、お富が首を横に振り直した。「はい。御ひとりでした」

「どうしたい？」

「最初に若様が御ひとりで見えられ、遅れて御連れ様がお着きになられました。その直後に御用人《ごようにん》様がお見えになられたのですが、御挨拶だけだったのでしょうか、直ぐに御用人様だけ帰られたのです」

「その用人だが、名を知ってるか」

「はい」

「まさか脇坂久蔵じゃねえだろうな？」

「よく御存じで。その脇坂様でございます」

千吉が、首筋を掻き毟《むし》ってから、旦那ァ、とか細い声を出した。

「静かにしろい。別に、奴と立ち合う訳でもあるまいが」

軍兵衛は千吉を叱りながら、脇坂の姿を思い描いた。あの目、あの腰。

右斜めに開いた身体から、逆袈裟に斬り上げる。

(奴ならば、斬れる)

軍兵衛は、思いを改め、話を進めた。

「用人の様子だが、変わったところはなかったか」

「お見えになられた時は膨《ふく》らんでいた懐《ふところ》が、帰る時には凹《へこ》んでおられました」

「よく見ていたな」

「金子の膨らみ方でした」

「違うのかい？」

千吉が思い直したように訊いた。お富が、金子の重さが着物にどのような皺を寄らせるのか、細かに話した。

「縦《たて》に走るんです。横には絶対に走りません」

「恐れ入ったぜ」軍兵衛が、大仰《おおぎょう》に唸って見せた。「手の者全員を馘首《くび》にするから、お富、お前さん手下になってくれねえかい」

「冗談じゃございませんよ、旦那」

お富が慌てて手を横に振った。

「源次郎を逃がしたのは、《春日井》の亭主だな？」

「御殿様には、御世話になっておりますもので」

「玄関口で俺と女将が揉《も》めた。その時には、逃がしに掛かっていたことになるが」

「その通りでございます」

「俺たち奉行所の者は、旗本には手出し出来ねえことになっている。それなのに、どうして亭主は、逃がそうとしたんだ？」

「御用人様に頼まれたのだと思います。裏から帰る際に、何やらひそひそと立ち話をしているのを見ております。その時に懐が凹んでいるのに気が付いたのでございます」

「脇坂は知っていたのか、外で俺たちが見張っていたのを？」

「そうだと思います」

千吉が驚いたように眉《まゆ》を上げた。

「御連れ様がひとりかどうか、植え込みの陰に潜んで様子を探っていたのです。

それで、見張られていることに気が付いたのでしょう」

「お前さんは、どうしてそのことを？」

「別の御座敷を片付けていた時に、障子を開けておりましたので、御用人様の御姿が見えたのです」

「てえしたものだ。よく見ていてくれたな」

「女将も私も、狙われると仰《おお》せになりましたが、本当でしょうか」

「頭巾の侍の正体を知っているのは、お前さんら《春日井》の者だけだからな。危ねえ立場であるのは間違いねえが、話してくれた御蔭で相手の動きを封じることが出来るかも知れねえよ」

「義母《はは》を看取《みと》るまで、私はまだまだ死ねないのでございます。よろしくお守り下さいまし」

お富が畳に額《ひたい》を押し付けた。

「最後にひとつ」

お富が、何か、と顔を上げた。

「三枝様は、よく行くのかい」

「あの御方と言うより、御奉行様が女将を贔屓にして下さって……」

「そうかい、ありがとよ。これは少ないが、義母《おっか》さんに何か菓子でも買ってやってくれ」

お富の掌《てのひら》に一分《ぶ》金を一枚握《にぎ》らせた。

「こんなに」

「言いにくいことを話させて、済まなかったな。お前の口から聞いたなんぞ、これっぽっちも言わねえから、心配するんじゃねえぞ。いいな」

軍兵衛は、人通りの絶えた時にお富を自身番から送り出すよう、千吉に言い付けた。

第四章　安房《あわ》の佐平《さへい》

一

八丁堀にある同心《どうしん》組屋敷は、通りごとに両端に門が設けられている。門は板屋根の付いた木戸門で、押すと軋《きし》むような音がした。作りが古いのでも、止めが壊れているのでもない。誰かが通ったと知れるように、音が出る仕組みになっているのである。

門が軋んで間《ま》もなくして、軍兵衛の屋敷の簡便な木戸門が鳴った。

「御免下さいやし。千吉でございやす」

岡《おか》っ引《ぴき》の千吉が、玄関の引き戸の前で、案内を乞《こ》うた。

「親分、お待ちしておりやした」

出て来たのは下っ引の留松だった。こざっぱりとしている。

「風呂上がりか」

「ちょいと前に入って来やした」

「新六は？」

「御新造《ごしん》さんの手伝いをしておりやす」

「そうかい」

「千吉、早く上がらねえかい」

軍兵衛が奥から叫んだ。水仕事をしていた軍兵衛の妻女のお栄《えい》が手を拭《ふ》きながら現われ、上がるように促した。

「失礼をいたしやす。手土産と呼べるようなものではございやせんが、ちと美味《うま》い菓子を見付けましたので、口寂しい時にでも摘《つま》んでみていただけたらと思いやして」

小網町から程近い長谷川町《はせがわちょう》にある菓子舗《月野屋《つきのや》》の銘菓《望《もち》ノ月《つき》》だった。焼麩《やきふ》に胡桃味噌《くるみみそ》の餡《あん》を挟んだもので、このところ千吉の女房は、これを切らしたことがなかった。

お栄は菓子折を貰《もら》い受けると、軍兵衛の傍《かたわ》らに回り込み、頂戴《ちょうだい》した旨《むね》を伝えた。

「気遣いは無用だと言っただろうが」

「申し訳ございやせん」

「何も謝ることはねえやな。ありがとよ」

「御新造さん、火が熾《お》きやした」

新六が団扇《うちわ》を片手に裏から出て来た。

「運んで来て頂戴」

「へい」

新六が二度往復して七輪《しちりん》をふたつ、座敷に置いた。お栄は厨《くりや》と座敷を身軽に行き来し、必要なものを次々に運び込んだ。

七輪のひとつに鍋が置かれ、割下《わりした》が注《さ》された。煮立ったところに葱《ねぎ》と鮪《まぐろ》が入る。葱鮪《ねぎま》鍋を囲むのは、軍兵衛、千吉、そして留松と新六の男衆で、もうひとつの七輪には網がのせられ、お栄と息《そく》の竹之介《たけのすけ》が囲んだ。鮪を炙《あぶ》り、大根卸しととに食べる。母子の好物であった。

「こっちは煮立つまで間がある。先にやっていろ」

軍兵衛が杯に酒を受けながら、お栄と竹之介に言った。

「では、お先に頂戴いたします」

「おう、そうしろ」

「いただきます」

「うむ」

「皆さんも」と、お栄が言った。「たくさん召《め》し上がって下さいね。遠慮はなしですよ」

「ありがとう存じます」

千吉ら三人が声を合わせた。

竹之介が、鮪を網に置いた。脂身《あぶらみ》が燃え、赤身が色を変えている。母と子の箸《はし》が、七輪の上を行き来した。

「美味《おい》しいですか」

千吉が訊《き》いた。

「はい」

竹之介が答えた。

この当時、武家は鮪を食べなかった。鮪の別名『シビ』が『死日』に通ずるのを嫌ったのである。

「分かるな、竹之介」軍兵衛が杯を空けて続けた。「美味かったら、食えばいい。因習にとらわれることはないのだ」

「父上は、鮪を食べる時、必ずそれを言われます」

「旦那、一本取られやしたね」

千吉が言った。

「下らねえことだが、世の中を動かしているのは、大方《おおかた》下らねえことだ。鮪もそのひとつって訳だ」

「私は、そのようなものに、惑わされませぬ」

竹之介の口調はきっぱりとしていた。

「よう言うた。頼もしいぞ」

お栄が、笑みを浮かべながら頷《うなず》いた。

竹之介が鮪に箸を伸ばし、勢いよく口に放り込んでいる。

竹之介は十一歳になる。四つ上の兄・松之介《まつのすけ》が五年前に病没したため、次男であった身が後継ぎの立場になってしまっていた。

軍兵衛らが鍋を突つき、酒を酌《く》み交《か》わしながら世間話や奉行所の噂《うわさばなし》話をしている間に、お栄と竹之介が食事を終え、隣室へと下がった。

待ち兼ねていたかのように、千吉がふたりの消えた襖《ふすま》の方を見ながら言った。

「村越様の御次男が射《い》たものと思われますが、これからどういたしやしょう？」

家族の前では、手掛けている務めの話や血腥《ちなまぐさ》い話はなしと決められていた。しかし、それも子供が十一歳までだった。十二歳からは竹之介も一人前として扱い、同じ鍋の周りに座らせる。鷲津の家では、代々そうして来たのだった。

「三つある」と軍兵衛が言った。「ひとつは、これまでの経緯《いきさつ》を御奉行に上申し、調べを終えること。これは、元より考えてもいねえ。残るはふたつだ。証《あかし》こそないが、御目付《おめつけ》に知らせ、更《さら》なる調べを求める。これがひとつ。ふたつ目は、確たる証を見付け出した上で、御目付に知らせる。どちらがよいかだ」

「御目付に知らせたら、きっちりと調べていただけるんでしょうか」

千吉が、手下に食うように指図《さしず》しながら訊いた。留松と新六の箸が動き、鍋や椀《わん》と触れ合う音が立った。

「御目付は清廉《せいれん》の士が就《つ》くと言われているだ、相手が西丸御留守居役《にしのまるおるすいやく》となれば、御上《おかみ》の御威光という問題も出て来るからな。揉《も》み消されるかも知れねえな」

「でしたら、もう決まったも同じでございやしょう。金右衛門なんざどうでも構《かま》わねえが、与助の仇《かたき》は取ってやりてえじゃねえですか」

「支配違いと知って調べるんだ。しくじると、手札《てふだ》を取り上げられるだけでは済まねえかも知れねえぞ」

「そんなことは痛くも痒《かゆ》くもござんせん。どのみちあっしらは、長々とお天道様《てんとさま》の下を大手を振って歩こうとは思っちゃおりやせんので。それより、旦那《だんな》こそ？」

と言って声を潜《ひそ》めて、襖の方を見た。

「大丈夫なので？」

「誰が、どういう理由で矢を射たのか。まだ細けえところまでは分からねえが、とにかく矢で射た者が悪い。与助に罪はねえ。理不尽を通しちゃならねえだけだ。後のことなんぞ、構ってられるか」

「流石《さすが》、旦那だ。嬉《うれ》しいねえ」

千吉が膝《ひざ》を叩《たた》いたその時、襖が開いた。千吉の動きが止まった。

襖の向こうにお栄がいた。膝を揃《そろ》えて座っている。

「御声が大き過ぎます。玄関にまで響いております」

「申し訳ありやせん」

千吉に続いて留松と新六の頭が順に下がり、また順に上がった。

お栄は、ぷっと吹き出すと、袂《たもと》で口許《くちもと》を隠して襖を閉めた。

「母上、どうなされました？」

竹之介が訊いている。お栄が厨に走り去る足音が聞こえた。

「それで、旦那」と千吉が、声の大きさを気にしながら言った。「どういたしやしょう？」

「思い切って誰かを送り込み、屋敷の者に探りを入れさせるってのは、どうだろうな」

「あっしも、それしかないと考えておりやした」

留松と新六が顔を見合わせた。

「お前たちじゃねえ。心配するねえ」千吉が言った。

「誰か、心当たりの者がいるのか」

軍兵衛が鮪と葱を椀に取りながら訊いた。

「おりやす」

千吉が居住まいを正した。

「どこで誰が見ているか分からねえ。新顔じゃねえと見破られるぜ」

「連れて歩いたことはございやせんし、それになかなか腹の据わった奴ですから、多分大丈夫でしょう」

「多分か。どこで見付けた？」

「あっしの女房は安房《あわ》の漁師の娘なんでやすが、女房の実家《さと》の隣の家の餓鬼《がき》なんでございますよ」

江戸に出て来たものの、ぶらぶらしているうちに悪に染まり、そこを千吉が捕まえた。六年前の話だった。

「身柄を預かってくれる者がいないか訊いたら、あっしの名を出すじゃありやせんか。いや、驚きました」

漁師になれと安房に戻したのだが、いつの間にかまた江戸に戻って来て、今度は子分にしてくれと言い出した。何をするにも、まず必要なのは我慢だと言い聞かせ、五年前から河岸《かし》で働かせていた。四年前には嫁《よめ》を貰い、これで落ち着いたと思ったら、またぞろ子分にしてくれと言い出し始めたらしい。

「江戸の町にも、裏の道にも通じておりやす。必ずお役に立てる、と思うんでやすが、いかがなものでしょうか」

「そうよな……」

留松と新六が、平静を装いながら聞き耳を立てている。

「お前ら、千吉の手下になって何年になった？」

「へっ、あっしはまだ二年半ばかりですが」新六が答えた。

「留松、お前はもう随分と長いな」

「へい」

留松は、口の中の鮪を飲み込み、指を折って数え始めた。一年、二年、三年……。

「九年、もう少しで十年になりやす」

「そうか、十年か。そろそろ留松にも手札をやらなくてはな」

「本当でやすか」

留松が目を大きく見開いて、軍兵衛と千吉を交互に見ている。

「この一件の始末を付けてからになるが、それでいいか」

「いいか、なんて、勿体《もったい》ねえ。いいに決まってておりやすでございやすよ」

半泣きになっている。軍兵衛は手酌で杯に注《つ》ぐと、ぐいと飲み干し、

「礼なら」と言った。「親分に言いな。実を言うと、去年辺《あた》りから千吉に頼まれていたんだ」

「ありがとうございやす」

留松が畳に額《ひたい》を押し付けた。

軍兵衛は千吉に片口《かたくち》を渡し、留松に飲ませるよう手で示しながら言った。

「となれば、新しい手下が必要になるって訳だ。試したらどうだ、新六兄《あに》ィの弟分として使えるか」

「ようございやすか」

「名は何と言うんだ、その安房のお隣さんは？」

「佐平《さへい》と申しやす」

「場所を構えてくれ。会おうじゃねえか」

「早速知らせてやりやす。野郎、どんなに喜びやすか」

破顔した千吉に、新六が訊いた。

「なんであっしの時は、子分にしてくれって言ったら、一、二度反対したけど、直《す》ぐに受けてくれたんでやすか」

「そうよな、お前は素直だったたんだな。裏がなかった。そこが心配で一時《いっとき》反対したんだが」

「……」

「お前は三つの時に親父《おやじ》を亡くしちまったから、小さな時から振売《ふりうり》をしていた。

だが苦労の割にはそれを感じさせず、悪に染まったところがない。そこが気に入ったんだよ。お江戸の町にも詳しかったしな」

「悪いのは、腹に蝮《まむし》を飼っているようなのばかりだ。そいつらを相手にしていくんだからな。これからも親分の下で修業しねえとな」

「へい……」

新六が神妙に頭を下げた。

二

翌日の七ツ（午後四時）。

小網町の千吉は、女房のお繁《しげ》にやらせている一膳飯屋《千《せん》なり》を出ると、てりふり町を東に進み、親父橋《おやじばし》を渡り、更に北東《うしとら》方向へと歩いた。

千吉が足を止めたのは、栄橋《さかえばし》東詰の久松町《ひさまつちょう》にある煮売り酒屋《田貫《たぬき》》だった。《田貫》は、湯掻《ゆが》いて糸作りにした蒟蒻《こんにゃく》に、細かく切った蜜柑《みかん》の皮や細葱と甘く煮付けた醬蝦《あみ》を交ぜ込んだ《糸まぶし》や狸汁《たぬきじる》を名物としていた。

看板も目印も何もないので、振りの客が入ることは滅多《めった》になく、客筋は殆《ほとん》どが

土地の者に限られていた。千吉と《田貫》の亭主とは、

――若い頃は、始終喧嘩《しじゆうけんか》していた仲でございやす。

千吉が項《うなじ》に掌《てのひら》を当て、柄《がら》になく照れて見せたのは、《田貫》の場所を軍兵衛に教えた時だった。

千吉は裏から入ると、厨に声を掛け、二階に上がった。二階は亭主夫婦の居室があるだけだった。

「無理を言って済まねえな」

茶を運んで来た女将《おかみ》に言った。

「何を仰《おっ》しゃいますね、今更」

「違《ちげ》えねえ」千吉は、軽く額を叩いてから、階下に目を遣《や》った。「どうしたい？お袖《そで》の姿が見えねえな」

《田貫》が使っている小女の名だった。

「何ですか、近頃は色気付いて来ましてね」

「結構だ。大人《おとな》になった証だあな」

女将は手首を撓《しな》わせて、叩く真似《まね》をすると、腰を上げながら訊いた。

「皆さん、裏からですね」

「ちょいと人に見られたくないんでな、勘弁してくんな」

片手で拝む真似をしてから、手に提げて来た包みを渡した。

「切り昆布の佃煮《つくだに》だ。《糸まぶし》を向こうに回して土産にゃ気が利《き》かねえかとも思ったが、奴《やっこ》さんの好物だったんでな」

千吉が、器に入れた煮物を手渡した。小網町は《吉田屋《よしだや》》の売れ筋の物である。器を持って買いに行かずとも簡便な器に入れてくれることが評判となり、いつも賑《にぎ》わっている煮売り屋だった。

「《吉田屋》さんですか」

「知ってるのかい？」

「親分、私たちは、もぐりじゃございませんよ」

「そいつは済まねえ」

「頂戴いたします。喜びますよ」

「おうっ」

千吉は挨拶《あいさつ》を返すと、障子《しょうじ》窓を細めに開け、路地を見下ろした。

男がひとり、上目遣いに何かを探しながら歩いて来るのが見えた。

濃紺の腹掛《はらがけ》と股引《ももひき》。盲縞《めくらじま》の着物を尻《しり》っ端《ぱ》折《しょ》り、雪駄《せった》にのせた身を浮かすように歩いている。佐平だった。

(馬鹿野郎、あれじゃ、下っ引丸出しだろうが)

苦笑しているうちに、階段が鳴った。

「本日は、ありがとうございます」

敷居の向こうで頭を下げた姿は、なかなか堂に入っていた。

「挨拶は抜きだ。まあ、入《へえ》れ」

「それでは、御免なすって」

浅黒く日焼けした顔の中で、歯だけが白く光っている。

「入ったら、もう戻れねえぜ。いいんだな?」

千吉が、念を押した。

「罷《まか》り間違って伝馬町に送られたとする。町方《まちかた》の者だと分かった時にゃ、半刻《はんとき》ももたねえ。糞《くそ》を食わされて死ぬぞ。その覚悟は出来ているんだな」

「男に二言はござんせん」

「分かった」

千吉が、座敷に入るよう言った。

「町の衆には嫌われることもあるが、頼りにされたり、立てられたりもする。面《おも》白《しれ》えとは言わねえが、遣り甲斐《がい》のある仕事だ」

　佐平が聞き入っているところへ、見えましたよ、と女将が首を階段から突き出して言った。

「待たせたか」

　軍兵衛は、佐平をちらと見ながら、千吉に訊いた。

「あっしらも今来たばかりで」

「そうかい。それはよかった」

　軍兵衛は大小の刀を抜き取ると、背後の壁際に並べ、胡座《あぐら》を掻《か》いた。

「佐平と言ったな」

「へい」

「楽にしな。俺は堅っ苦しいのは嫌いだ」

「佐平、御言葉に甘えさせていただけ」

「へい」

　口ではそう言ったが、千吉が羽織《はおり》の裾《すそ》を払って膝を崩しても、佐平はかしこまって座っていた。

「ここは」と軍兵衛が、千吉に訊いた。「何が美味いんだ?」

「言われてみれば、違うよな」

「そりゃあ」と佐平も言った。「違います」

「違いやす」

「狸も猪も同じようなものだろう」

「へい、猪で」

「狸じゃなかったか」

「あそこは」と千吉が、横から口を挟んだ。「猪《いのしし》で有名でございやすが」

おうじゃねえか」

「俺もねえんだ。今日は蒟蒻の狸らしいが、そのうちに大山詣《おおやままもう》でにでも行って食
「いいえ、ございません」

「狸の肉」軍兵衛が佐平に訊いた。「食ったこと、あるかい？」

「勿論《もちろん》でさあ」

「精進《しょうじん》か。坊さんの料理だな。狸汁もその口かい？」

「全部の品に蒟蒻が使われているんでございやす」

千吉が蒟蒻を切るところから、細かく話した。

「狸汁とか、《糸まぶし》と言いやして……」

いらっしゃいやし。《田貫》の亭主と女将が挨拶に来、亭主は早々に下がった。女将が、蒟蒻を胡麻《ごま》油で炒《いた》め、七味を振り掛けた小鉢と白和《しらあ》えを並べ、銚釐《ちろり》を置いて、階下に降りた。これで、暫《しばら》くの間は、誰も来ない。

「今のうちに話をするが、黙って聞いていることはねえ。勝手に飲み食いしてくれ」

軍兵衛は、銚釐の酒を杯に注ぐと、佐平に言った。

「千吉から聞いた。助《す》けて貰えるらしいが、本当か」

「いつか、親分のようになりてえと、思っておりますんで」

「命の保証はねえが、それでもか」

「端《はな》から、そんなものは捨てております」

「帰《けえ》れ」

軍兵衛が鋭《するど》く言い放った。

「千吉、こいつは駄目だ」

「旦那」千吉が、杯を慌てて膳部《ぜんぶ》に戻しながら、軍兵衛と佐平を見比べた。

佐平の唇《くちびる》が震えている。

「命を捨てている者が、何ゆえ女房を貰った？」

「それは……」

　佐平の口が開いて閉じた。

「女房に泣きを見させ、平気でいるような奴は、手下に持ちたくねえんだよ、俺は。危ない仕事を頼むかも知れねえが、無事に女房の許に帰さなければ、俺は何て言やぁ申し訳が立つんだ」

　分かっておりやす。千吉が言った。こいつにも、分かっておりやすが、心意気を見せようとして口が滑ったんでやしょう。

「そのことは、よっく言い聞かせやすので、どうか、帰れなんて仰しゃらないでおくんなせい」

「済まねえな。言葉が過ぎたら謝るが、手下になるとなれば、今日からは仲間だ。仲間はひとりとして亡くしたくねえんだ。分かってくれ」

「あっしの心得違いでございました。お許し下さい」

　佐平は頭を下げた。

「分かってくれれば、それでいい」

　軍兵衛が銚釐を佐平に差し出した。杯から酒が零《こぼ》れた。

「村越様の一件は、話したのか」

軍兵衛が千吉に訊いた。

「いいえ、まだ話す暇がなくて」

「そうか」

軍兵衛が十日程前に起こった魚売り与助射殺《いころ》しの一件を話して聞かせた。

「調べを進めたところ、大物が浮かび上がった」

大身《たいしん》の旗本《はたもと》だ、と軍兵衛は言った。

「町方が御縄に出来る相手じゃねえが、この一件を嗅《か》ぎ付け、強請《ゆす》った町人《ちようにん》をひとり殺している。都合ふたりを殺《や》ったことになるのに、奉行所は引き上げを考え始めている。御目付だって、どうだか知れたもんじゃねえ」

「射殺された魚売りには」と千吉が言った。「女房と乳飲み子がいるんだ。このまま、見て見ぬ振りは出来ねえやな」

「そこで、佐平、おめえが要《い》るんだよ」

その屋敷の中間小者《ちゆうげんこもの》から証になる言葉を聞き出すんだ、危ねえ綱渡りになるかも知れねえが、それでもやってくれるか。

「御屋敷に潜《もぐ》り込むのでしょうか」

「そうしたいが、多分無理だろう」

新しく中間や小者を雇い入れるとは思えなかった。

「では」と佐平が訊いた。「どうすれば?」

「博打《ばくち》は好きか」

佐平は千吉を見て、額を小さく叩いた。それで親分に捕まりやした。

「受け取れ」

軍兵衛は袂から賽子《さいころ》を取り出すと、爪で弾《はじ》いた。佐平が勢いよく飛んで来た賽子を片手で払うように受け、掌の中で転がした。

「いい呼吸だ。それなら大丈夫だ」

軍兵衛は手を叩いて女将を呼ぶと、下に、と言った。

「人を待たせている。名は源三。上げてくれ。そいつにも、酒をな」

女将が下がると直ぐに、六十絡《がら》みの男が階段を上がって来た。軍兵衛の剣友・腰物方《こしものかた》妹尾周次郎家に仕《つか》える中間の源三だった。

「済まねえ。待たせちまったな」

「とんでもございません」

源三は千吉と佐平に会釈《えしゃく》をすると、軍兵衛に答えた。

「美味いもの食って待ってればいいなんてのは、待つ内にゃ入りません」

「そいつはよかった。《木菟入酒屋》より美味かったか」

源三が眉《まゆ》を顰《ひそ》めて、手を横に振った。

「あそこは酷《ひで》え。酒は不味《まず》いし、肴なんぞ食えたもんじゃありません」

「そんなに不味いのか」

「猫どころか鼠《ねずみ》だって跨《また》いで行きやす」

そうか、鼠もか。軍兵衛が楽しげに膝を打って笑った。

「で、旦那、あっしに御用とは？」

源三が訊いた。

「佐平を《木菟入》に連れて行って、毎日のように飲ませてやってくれ」

「へっ」

源三と佐平が顔を見合わせてから、軍兵衛を見た。

三

《木菟入酒屋》は鮫ケ橋谷町の町屋の外れにあった。通りを隔《へだ》てた三方は寺で、夜《よ》ともなれば人通りはめっきりと少なくなる。歩いているのは、飲んだくれと夜鷹《たか》と、夜鷹目当ての客だけだった。

源三と佐平が通い始めて三日が経《た》った。

引き戸が開き、夜風とともに黒々とした臑毛《すねげ》の男が入って来た。薄縁《うすべり》に座り、銚釐と小皿を前にして水っぽい酒を飲んでいた源三が、素早く佐平に目配《めくば》せをした。

佐平は杯を飲み干すと、銚釐を手にして、「姐《ねえ》さん」と小女を呼んだ。

「もう一本熱いのを頼む。肴もな」

男は草履《ぞうり》を脱ぐと、薄縁に上がりながら源三に声を掛けた。

「よっ、今夜は御機嫌じゃねえかい」

「貸してた金が返って来たんだ」源三が、男を手招きした。「奢《おご》るぜ、飲んでくれ」

「済まねえな」

男が、仲間なのだろう、片隅で車座になっている連中に手で合図をして、源三の傍らに腰を下ろした。銚釐だけ来た。

「気を利かせろい。杯が足りねえぞ」

源三は小女に言うと、己の杯の滴《しずく》を振り切り、男に手渡した。男は、一口で飲み干すと、

「こちらが」と佐平を見た。「金を返してくれた偉《えれ》え兄さんかい」

「佐平と申します」

「博打で負けてよ」源三が杯で佐平を指した。「泣き付かれたって訳よ」

「でも、勝ったじゃねえですか」

「たまには勝たなくちゃあな」

「好きなのかい？」

男が壺《つぼ》を振る真似をした。佐平が頷いて見せた。

「源さん、どうでい連れて来ちゃあ」

「もう泣き付かれたくねえから、誘わねえでくんない」

「どこです？」佐平が男に訊いた。

「本人がもう、その気になってるじゃねえか」

「止《や》めとけ」

源三が佐平をたしなめた。

「このところ目が出ているんだ。心配ねえよ」

「懐が暖かいうちに、女房に何か買ってやれ」

佐平は源三から男の方に膝の向きを移した。

「明日にでも伺《うかが》います。どこに行けばいいんです？」

「阿波鳴門の永山《ながやま》様の下屋敷だが、分かるか」

「この近くで？」

「誰でもいい、訊いてくれ。まず知らねえ者はいねえやな」

「兄《あに》さんのお名前は？」

「甚八《じんぱち》だ。そう言ってくれりゃ、裏に通してくれる」

「必ず参《めい》りやす」

「待ってるぜ」

甚八は腰を上げると、左右の客に挨拶しながら仲間の方へと向かった。

昨日の今日では焦り過ぎかとも思ったが、佐平は阿波鳴門永山家の下屋敷の潜《くぐ》り戸を押した。

佐平の人相風体《にんそうふうてい》を見た門番が、何用かと目で尋《たず》ねた。

「甚八の兄《あに》ィを訪ねて参りました佐平と申します。兄ィは、どちらに？」

門番が顎《あご》で中間部屋の方を指した。

「ありがとうござんした」

裏に回った。引き戸の前に見張り役の中間がいた。《木菟入酒屋》にいた男だった。

「早速お出《い》でなすったかい」

「お言葉に甘えさせていただきました」

「まあ、入んなせい」

案内された中間部屋の中央には、盆茣蓙《ぼんござ》が敷かれ、丁半《ちょうはん》博打が開帳されていた。

男が奥に足を急がせ、甚八に声を掛けた。

甚八が伸び上がるようにして佐平を見、頷いた。佐平は勝負の邪魔にならぬよう遠回りをして、甚八の前まで行き、挨拶を済ませ、序《つい》でに酒を頼んだ。

酒と干した魚が直ぐに来た。持って来た男に、皆さんで飲んで下さい、と過分な金を渡した。

「心遣い、ありがたく頂戴するぜ」

甚八が礼を言い、徳利《とっくり》を持ち上げた。

杯で受け、甚八の杯に注いだ。

「まあ、少し休んで、その気になったらゆっくりと遊んで行っておくんなさい」

「ありがとうござんす」

佐平は、干した魚を噛《か》み締めながら、酒を嘗《な》め、賽《さい》の目を読んだ。

いかさまをしていようがどうだろうが、勝つのが目当てではなく、また金も軍兵衛から貰ったものなので、懐が痛む訳でもなかった。しかし、いかにも博打が好きで、必死に勝とうとしているように見えなければならない。

「どうです、お客人？」

誘われたのを潮《しお》に、金を駒《こま》に替えた。

その日佐平は、軽く負けて下屋敷を後にした。次の日は源三を伴《ともな》って行き、また負け、その次の日は独《ひと》りで敵討《かたきう》ちだと乗り込み、巾着《きんちゃく》を空《から》にした。

旗本・村越左近将監の用人《ようにん》・脇坂久蔵が村越屋敷の中間部屋に姿を見せたのは、佐平が村越家向かいの、永山家下屋敷の博打場に通うようになって四日目のことだった。

「皆、出払っているようだが？」

脇坂久蔵が頭株《かしら》の米次《よねじ》に尋ねた。米次と若い者がひとりいるだけで、他の者どもの姿が見えなかった。

「ちょいと野暮用《やぼよう》でございますが、何か」

「博打か」

「へい」

米次に悪怯《わるび》れたところはなかった。文句を言われたら辞めるだけだった。辞めても、口入れ屋に頼んでおけば、働き口は幾らでもあった。

「其《そ》の方も遊ぶのか」

「たまに、でございますが」

「では、永山様の下屋敷に新顔が現われたという話は聞かぬか」

米次は、ふと考えるような目付きをしてから、そう言えば、と言った。

「佐平というのが、顔を出すようになっておりますが」

「何者だ?」

「河岸で働く、博打好きの若い衆でございます」

「誰の引きで出入りするようになったのか、知っているか」

「甚八と聞いております」

「甚八は、永山様の下屋敷の者であろう?」

「左様でございます」

「古くからの付き合いなのか」

「いいえ、《木菟入酒屋》で知り合ったと話しておりました」

「其の方も口を利いたことがあるのか」

「何度かは……」

「どのような男だ？」

「遊び慣れた、金離れのよい男でございます」

「誰が其奴《そやつ》を《木菟入酒屋》に伴ったか、分かるか」

「源三と申しまして、どこぞの御大名家の中間でございます」

米次にとっては、源三がどこの中間であろうとも、大した問題《こと》ではなかった。

「大名家か」

近くの大名家ならば、町奉行との関係は無いか、希薄だった。

「確か、そうでした……」

少しく安堵《あんど》した脇坂だったが、念のために尋ねた。

「この十日程の間で、源三に目立った動きはなかったか」

「金回りがよくなったことでしょうか」

「他には？」

額に指を当てていた米次が愁眉《しゅうび》を開いた。

「何か訊き回っておりました」

「何だ？」

「何だったか、覚えちゃいねえか」

米次が若い男に訊いた。男が首を捻《ひね》って見せた。

「相済《あいす》みません」

「よい、思い出したら知らせてくれ」

「へい」

脇坂の側《そば》から離れようとした米次の袖《そで》を、男が引いた。

「何でい？」

「矢ですよ」と、男が言った。「矢を見なかったか。確か、そんなことを言ってやした」

「出来《でか》したぜ」

米次が膝を叩いてから、脇坂に訊いた。お聞き及びになりましたか。

「棒手振《ぼてふり》が射殺されたことがございましたでしょう？」

「……覚えておる」

脇坂は、暫くの間険《けわ》しい表情をして虚空《こくう》を見据えていたが、意を決したのだろう、

「佐平の身許を調べてくれ。それと、もうひとつ……」

と言って、身を乗り出した。

「無論、ただとは言わぬ」


「どうでい？」

米次が、佐平の背越しに盆を見詰めた。賽の目は丁と出た。

佐平は半に賭《か》けていた。

「おけらだ。もう鼻血も出ねえ」

佐平は立ち上がると、甚八の姿を探した。

「佐平さんよ、少し頭を冷やした方がよかねえのかい。酒でも飲んで？」

米次が賭場《とば》の隅に設けられた酒席に誘った。

「もう一文《もん》もねえんで……」

「奢るよ、それくらい。いやね、折り入って、お前さんに話があるんだ」

米次は、佐平の肩に手を置き、ぐいと力を入れた。酒が直ぐに来た。

「さっ、飲めや」

杯《す》を受けながら、佐平は訊いた。厄介《やっかい》なことなら、聞きたかねえぜ？

「助けてほしいんだよ、お前さんに」

助ける程の技量のないことは、己《おのれ》自身が一番知っていた。しかし、米次は探らなければならない村越家の中間である。米次との関《かか》わりを濃くしておけば、という思いは捨て切れなかった。

「何をすればいいんですかい？」

「大したことじゃねえ、病で欠ける者が出てな、頭数が足りなくて困ってるんだ。明日一日だけでいい、村越の殿様の中間として登城の列に加わってくれりゃいいんだ。後で、極上の酒を飲ますからよ。頼まれてくれねえかい」

「…………」

――そこが、危ねえんだよ。

と千吉に《田貫》で言われたばかりだった。

――涎《よだれ》が垂れそうな話が来る時がある。だがな、直ぐに飛び付いちゃならねえ。罠《わな》ってこともあるからな。一、二度様子を見るのが、利口ってもんだ。

――焦るな。無理はするな。訊き出そうとするな。待て。

これを守っていさえすれば、身を危うくすることは、まずあるめえよ。軍兵衛が口を添えてから、言った。

――佐平、お前に頼みたいことは、多くて済まねえが、三つある。

ひとつ目は、弩《ど》という弓が村越の屋敷にあるのか。

ふたつ目は、次男の源次郎が十日前の颪《き》の日に矢を射たのか。

三つ目は、矢師・中嶋金右衛門を斬ったのは、用人・脇坂久蔵なのか。

これらのひとつでいい、訊き出して貰いたいのだ、と軍兵衛が語気を強めた。

――だが、間違っちゃいけねえ、こっちからは一言も訊くんじゃねえ。相手が話すのを待つんだ。特に、用人の脇坂久蔵には構うな。斬られるぞ。

佐平は、迷った末に軍兵衛と千吉の忠告に従うことにした。

「悪いが、明日はおっかさんの命日なんだ。墓参りしなくちゃならねえ」

「そこを何とか、一日ずらすとか」

「命日をずらす訳にゃ、行かねえやな」

「……そうかい」

「用心深い奴だな」

脇坂久蔵は呟《つぶや》くと、腕組みをしたまま屋敷の裏庭を眺め回した。

土塀の上に、隣屋敷の松林が真っ直ぐに伸びている。脇坂の目が松林から裏庭の隅までの距離を計《はか》った。

「御言葉でございやすが」

背後に従っていた米次が、怖《お》ず怖《お》ずと言った。

「あっしの目に狂いがなければ、あの佐平って野郎はただの遊び人でございますよ」

「何をもって、そう思う？　身許に不審な点がなかったからか」

「分かりやせん。勘《かん》としか申し上げようがないのですが」

「ならば、もう一度試してくれようではないか」

「もう一度、でございやすか」

「尻尾《しっぽ》を出すまでは何度でも、と言った方がよいかな」

「分かりやした。あっしらは、何をすればよろしいんで？」

脇坂は、隣屋敷との境に建てられた土塀際まで歩くと、松林を見上げた。米次も、脇坂に倣《なら》って見上げている。

「丁度《ちょうど》よい枝振りだな」

「…………」

「お下がりで、上方の極上の酒がある。飲みに来い、と其奴を含め、二、三人の者を中間部屋に誘うのだ。罠だと気付かれぬようにしてな。その席で、次男の源次郎様が矢を射損じたと話す。的を外れた矢が、塀際の松の幹に刺さっているのだが、高くて取れぬ、とな」

「それだけで？」

「後は、佐平が勝手に動いてくれるわ。我らは待っておればよいのだ」

脇坂久蔵の目が、獲物を狙《ねら》う狼《おおかみ》のように炯々《けいけい》と光った。

第五章　用人《ようにん》・脇坂久蔵《わきさかきゅうぞう》

一

神田八軒町の銀次の子分・義吉が、猫間のお時の姿を見掛けて十三日が経《た》った。

弥左衛門町の火打石《ひうちいし》問屋《鵙屋《もずや》》七右衛門の二階東隅の小部屋を見張り所に借り受け、一日も欠かさず通りを見下ろしているのだが、お時の姿を見付け出せずにいた。

弥左衛門町は数寄屋橋御門と三原橋を結ぶ道筋にあった。十三日前の昼八ツに、この通りを、髪をつぶし島田《しまだ》に結い上げたお時が歩み去ったのである。

（本当にお時だったのだろうか……）

義吉は、己が見た女がお時であったのか、徐々に自信がなくなっていくのを感じていた。

(見間違いであったなら、旦那《だんな》や親分に何と言ってお詫《わ》びをすれば……)

そうした義吉の心の動きを察したのか、銀次が、

――焦ったら負けだ。辛抱《しんぼう》だぜ。

疑う素振《そぶ》りも見せず、励ましてくれるのだが、それすら義吉には重荷であった。嚙《か》み締めた唇《くちびる》から血の味がした。

「あれは、旦那ですぜ」

義吉の肩越しに通りを見下ろしていた忠太が、囁《ささや》いた。

(どこだ?)

数寄屋河岸の方を見た。いた。銀次を伴《ともな》い、定廻《じょうまわ》り同心《どうしん》・小宮山仙十郎がゆったりと気配を殺して歩いていた。足の向きからして、通りのこちらに寄る様子はない。

仙十郎の先に目を遣《や》った。流れる人の中に、女がいた。年の頃は、十八、九。つぶし島田がよく似合っていた。

「猫間じゃねえか」

お時だった。銀次が、見張り所の障子《しょうじ》窓に、ひょいと目をくれた。義吉は頷《うなず》いて見せ、忠太に、行くぞ、と小さく叫んだ。

ふたりの足裏が畳を蹴《け》った。階段を降り、雪駄《せった》を突っ掛け、裏路地に飛び出した。

「気取《けど》られると拙《まず》い。そっと行くぞ」

大通りに出、銀次の背後に張り付いた。

銀次が羽織《はおり》から指を覗《のぞ》かせ、先に行くようにと合図した。仙十郎と銀次に代わって、義吉と忠太がお時の後ろに付いた。

この日のために、お店者《たなもの》らしい身形《なり》で詰めていたのだ。お時に悟られている気配はなかった。

お時は、三十間堀に架《か》かった三原橋を渡ると北に折れ、木挽町《こびきちょう》を四丁目から一丁目へ溯《さかのぼ》り、伊達若狭守《だてわかさのかみ》の上屋敷の前を通って大富町《おおとみちょう》に出た。

大富町は真福寺橋《しんぷくじばし》の南詰にある細長い町で、真福寺橋を西に渡ると白魚橋《しらうおばし》が北に向かって延びており、白魚橋を渡ると今度は東に向かって弾正橋が架かっている。直《す》ぐ近くに、三つの橋が逆向きのコの字の形に並んでいることになる。堀が十文字に交差しているためだった。堀を東に一漕《こ》ぎすれば、江戸湊《えどみなと》に出た。

「成程《なるほど》、逃げるにゃ打って付けだぜ」

仙十郎が銀次に言った。この日、お時に気付いたのは、まさに偶然だった。数寄屋河岸に差し掛かった時、ここで見掛けてから何日になるのかと数えていた仙十郎の目の前を、お時が横切ったのだった。持ち重りのしそうな風呂敷包みを背負っているところまで、そっくりだった。

お時の足が緩《ゆる》んだ。風呂敷を揺すり上げている。荷物の座りがよくなったのだろう、大店《おおだな》の中に吸い込まれるように消えた。

暖簾《のれん》に、煙草《タバコ》・煙管《キセル》《国府屋《こくぶや》》とあった。《国府屋》は、《春霞《はるがすみ》》という煙草で知られる、江戸で一、二を争う煙草問屋だった。煙管にしても、銀などに花《か》鳥風月《ちょうふうげつ》の細工を施《ほどこ》したものが好評で、売上げを伸ばしていた。

義吉らは歩みを止め、仙十郎と銀次は素知らぬ振りをして通り過ぎた。

「只今《ただいま》戻りました」

中から声が聞こえた。

「御苦労さん、おやっ、煙草盆《ぼん》を担《かつ》いで来たのかい」

「はい」

「いつ取りに行くか訊いて来るだけでよかったのに。重かっただろう、済まなかったね」

「いいえ、持てる分だけですから。残りは晦日《みそか》までに仕上げるので、その頃に、ということです」

どうやら煙草盆の職人のところを回って来たらしい。

「お雪《ゆき》ちゃんは労を厭《いと》わないからね。そこが職人《みな》に好かれるんだよ」

「申し訳ありません」

「何を謝ってんだろうね、おかしな娘《こ》だよ。それで、煙管の方は？」

「納期には間に合わせるそうです」

十間《けん》程歩いてから、仙十郎と銀次は物陰で立ち話をしている風を装った。

立ち続けるには、八丁堀の姿は余りに目立った。

「離れるぜ」

「へい」

銀次が、《国府屋》を挟んで通りの向こうにいる義吉と忠太に、真福寺橋の方に行く、と合図を送った。

真福寺橋を渡り、南に折れた先にある稲荷《いなり》の鳥居の下で、仙十郎らは義吉と忠太を待った。追い付いたのを潮《しお》に、更《さら》に離れ、比丘尼橋北詰まで移った。

「もう隠してはおけねえ」と仙十郎が、皆に言った。「戻ったら、島村様にお知らせするぞ」

《国府屋》が夜泣き一味の押込《おしこ》み先だ。お時が《国府屋》にいるのは、仲間を引き入れるため以外にはねえ。

「銀次、お時がいつ頃から《国府屋》に入り込んだかを調べてくれ。くれぐれも用心してな」

「へい」

「もうひとつ。《国府屋》の蔵にどれくらいの金があるかを調べてくれ」

「いつまで、で？」

「夕刻までに、何とかなんねえか」

「この辺《あた》りを縄張りにしている奴《やつ》とは、俺お前の仲でやすし、自身番《じしんばん》の書役《かきやく》もしっかりと務めを果たしておりやすから、人の出入りは直ぐに摑《つか》めやしょう。御安心なすって下さいやし」

銀次が、事も無げに言った。

年番方与力《ねんばんかたよりき》・島村恭介の命《めい》により、定廻り同心の詰所に、三廻りの同心が集められた。

定廻りが六名、臨時廻りが六名、そして隠密《おんみつ》廻りが二名の計十四名である。十四名と向き合った島村は、背後の壁に『江戸大絵図』を張り出させると、やおら口を開いた。

「今日集まって貰《もら》ったのは、他でもない。夜泣きの惣五郎一味が、またぞろ江戸で悪事を働こうとしているらしいのだ」

短い響動《どよ》めきの後、同心の目が軍兵衛に集まった。軍兵衛の頰《ほお》の傷《きず》の因を知らぬ者はいなかった。

「それは、実《まこと》でございますか」

問い質《ただ》したのは、軍兵衛だった。

「実の話だ。小宮山」

「はい」

仙十郎が立ち上がった。

「前に出て、絵図を用《もち》いて話すがよい」

どうして小宮山なのだ？　訝《いぶか》る声を背に、仙十郎は一旦《いったん》列座の横に出ると、ぐるりと回って前に立った。

「十三日前になります。私の手の者が、数寄屋河岸で猫間のお時と思《おぼ》しき女を見掛けました。お時は、惣五郎の片腕と言われている片貝の儀十の情婦《いろ》でございます」

「何ゆえ、その時直ぐに言わなんだ？」

軍兵衛が詰問した。

「猫間かどうか、もうひとつ確証が持てなかったからです」

年が若かったのだと、仙十郎が言った。どう見ても、その女は十八、九くらいにしか見えなかった。お時はと言えば、既に七年前には二十歳を越えている筈《はず》だった。

考え抜いた末に見付けた言い訳だった。

「それから見張り所を設け、ずっと待ち構《かま》えていたところ、本日数寄屋河岸でお時を見出《みいだ》しました。手の者からお時本人であるとの言質《げんち》を得、尾行した結果、大富町の大店に住み込み奉公していることを突き止めたのでございます」

仙十郎は煙草・煙管問屋の《国府屋》の名を挙げ、お時について話した。

「お時は、名を雪と変えて、二年前から《国府屋》に奉公に上がっております。父と母は既に亡く、煙管師であった祖父に育てられたという触れ込みだそうです。ふたりが江戸に現われたのは、三年前。《国府屋》を奉公先にしたのは、煙管を納めに行き来しているうちに、受け答えを《国府屋》利兵衛《りへえ》に気に入られたためと言われておりますが、祖父は昨年の春に亡くなっております。本当の祖父なのか、盗みのために仕立てられた祖父なのかは不明ですが、煙管師の近くにいたためか、職人衆の受けがよく、今では男衆とともに出来上がった煙管などの受け取りに回っている程だそうです」

「四年前の時は、お時らしい女はいなかったように思うが」

軍兵衛が、訊《き》いた。

「そのことだが」と島村が、小宮山に代わった。「夜泣きの一味は、四年毎《ごと》に大店を襲うらしいが、一度引き込みとして働いた者は、次の時は別の役に回り、表立って動くのは八年に一度なのではないかと思われるのだ」

「もしやすると、江戸と京大坂などふたつの組に分け、四年毎に入れ替えているとも考えられますな」

定廻りの岩田巌右衛門が、したり顔で解《と》いて見せた。

「それで」と軍兵衛が言った。「蔵の中はどうなんだ?」

「相変わらず《春霞》が売れておりまして、千両箱が積み上げられているとか、聞いております」

「間違いねえ、狙《ねら》いは《国府屋》だ」

　身を乗り出した軍兵衛を静めてから、島村が皆に向き直った。

「今分かっているのは、お時が《国府屋》に潜《もぐ》り込んでいるということだけだ。夜泣きの一味が、どこを隠れ家にし、いつ襲おうとしているのかは分かっておらぬ。慌てるでない」

　これから名を呼ぶ、と島村が言った。

「その者らに、調べを任せる。よいな？」

　定廻りから小宮山仙十郎が、臨時廻りから加曾利《かそり》孫四郎《まごしろう》の名が呼ばれた。加曾利は五十一歳。軍兵衛と同年同月に奉行所の門を潜《くぐ》った腕っ扱《こ》きだった。

「見張り所を設け、お時の動きを追ってくれ」

　小宮山と加曾利が、膝《ひざ》に手を置き、頷いた。

「島村様、俺は？」

　軍兵衛が訊いた。

「ならぬ。今加えたら、暴走するかも知れぬでな」

「俺は、この日が来るのを四年間待っていたのです」

「罪を憎《にく》む気持ちは皆同じだ。其《そ》の方だけではない」

島村は諭《さと》すように言い、改めて尋《たず》ねた。

「其の方に預けた魚売りの一件はどうした？」

「もう先は見えております」

「ならば、きちんと片を付けろ。さすれば、折を見て、加えてやる」

「実でございますな？」

「その代わり、手抜きいたすでないぞ」

「勿論《もちろん》でございます」

「そのことで、話がある。帰らずに残っておれ」

「承知いたしました」

島村は、同心一同に何か目にし耳にした時は、加曾利と小宮山に知らせるように言い、集まりを解くと、軍兵衛を呼び寄せ、

「何も言うて来ぬが、勝手に遣っておるのではなかろうな？」

答えを待たずに、年番方の詰所へと先に立った。

「嘘《うそ》ではあるまいな？」

島村の目の色が変わった。

「今更嘘を吐《つ》いても仕方ありませぬ」

「それは、そうだが……」

島村は立ち上がると、詰所前の廊下を見渡した。誰もいない。立ち聞かれる心配はなかった。

「相手は、西丸《にしのまる》御留守居役《おるすいやく》だと言うのだな」

「その次男です」

「この際、次男だろうが嫡男《ちゃくなん》だろうが関係ない。村越の家が相手となるのに違いはないのだからな」

島村が小声で訊いた。

「今、どこまで調べは進んでおるのだ？」

「手の者に、村越家に弩《ど》があるか、調べさせております」

「あった時は何とする？」

「島村様に御相談するつもりでおりました」

「嘘を吐け。相談するつもりなら、疾《と》うにしておろうが」

島村が奉行の役屋敷の方に目を遣った。

「あの御方を頼れぬ以上、御目付《おめつけ》しかおらぬ。そのことは前に話した通りだ。ここで、調べを打ち切り、丸ごと御目付に投げたらどうだ？」

「それで魚売りの与助が浮かばれるとは思えません」

「だったら、どうすると言うのだ？　先程は、もう終わるかのような口振りではなかったか」

「あれは、勢いで言ってしまったことです」

島村は、項《うなじ》を二度三度拳《こぶし》で叩《たた》くと、

「何をする気だ？」と言った。

「動かぬ証拠を見付け出し、罪を償《つぐな》わせてやろうと思うております」

「出来ると思うてか」

「出来るか否か、やるだけです」

「打ち切れば、夜泣きの調べに移すが、それでも与助にかかわるのか」

「西丸留守居だろうが、前《さき》の長崎奉行だろうが、そんな親の地位を隠《かくれ》蓑《みの》にされて堪《たま》りますか。遺《のこ》された母子を見捨てる訳には参りません」

「矢師を斬《き》ったのも次男なのか」

「恐らく、用人《ようにん》でしょう。見た者はおりませぬが、証《あかし》を求めるまでもございません」

「御家ぐるみか」島村が、組んでいた腕を解《ほど》いた。「分かった。気の済むようにせい。しかし、己の逃げ場だけは作っておくのだぞ。町屋の者を追い掛けていたら、旗本家《はたもと》に辿《たど》り着いてしまった、とかな」

無理があると思ったのか、島村が顔を顰《しか》めた。

「島村様に御迷惑は掛けませぬ」

「それは違うぞ。迷惑は掛けてよいのだ。その分、其の方より多くの扶持《ふち》を得ておるのだからな」

軍兵衛は、島村の物言いが気に入り、少し笑って見せた。

奉行所の門番控所で、小宮山仙十郎が銀次らを伴い、軍兵衛を待っていた。千吉らが、それを知らせに控所から飛び出して来た。

「どうした？」

軍兵衛が仙十郎に訊いた。

「済みません」

「何を謝る？」

「直ぐに知らせなかったことです」

「気にするな。後で、人違いでしたでは済まねえしな」

「…………」

「帰ろうぜ」

「……はい」

常盤橋御門を通り、一石橋を南に渡った。蔵屋敷が建ち並んでいた。

「鷲津さん」と仙十郎が言った。「ちょっとお見せしたいものがあるのですが、よろしいでしょうか」

「そのために待っていたのか」

「はい」

「だったら、さっさと案内しねえか。はっきりしねえ奴だな」

日本橋の大通りを、京橋に向かって真《ま》っ直ぐに歩いた。

職人が仕事仕舞いをする刻限だった。もう半刻《はんとき》もすれば、三十六見附の御門が閉まる。家路につく者、湯屋に行く者、煮売り屋に急ぐ者、売れ残った品を抱えた棒手振《ぼてふり》ども。通りを行き交《か》う人の波と解け合わぬ八人が、歩みを重ねた。

「まだか」

「もう直ぐです」

「何だ？　見せたいものとは」

仙十郎は瞬時ためらった後、口を開いた。

「与助の女房が煮売り酒屋で働いております。飲み込みが悪いのか、叱《しか》られて泣いておりました」

「あっしらも聞きましたが、そりゃあ酷《ひど》い言われ様でございました」

銀次が、小鼻を膨《ふく》らませながら具足町《ぐそくちょう》の角を曲がった。義吉と忠太が後を追った。

裏路地が細かく走っている。軍兵衛は、銀次と仙十郎らの後に従った。遺された女房の涙なんぞ見たくはなかったが、居場所は知っておきたかった。村越屋敷の者どもに一泡《ひとあわ》吹かせる時には、女房に出て来て貰わなければならない。

「あそこでございやす」

表構えを見せると、銀次らが裏口へと回った。小さな樽《たる》が幾つか干されており、そのひとつに若い男が腰を掛けていた。

「あれは、嫌みを言っていた板前でございやす」

銀次が言った。

胸の薄い、酷薄《こくはく》そうな顔をした男だった。

裏口から女が出て来た。与助の女房のお糸だった。濡《ぬ》れた手を前垂《まえだ》れで拭《ふ》くと、手拭《てぬぐい》の被《かぶ》りものを髪から外している。

板前が銜《くわ》えていた楊枝《ようじ》を吹き飛ばした。板前に気付いたお糸が、歯を覗かせた。板前は、お糸の肩先に触れると、人差し指で女の後《おく》れ毛をさっと掃《は》いて屋内へ消えた。

お糸は、板前が座っていた樽を引き寄せ、腰を下ろすと、空を見上げた。手拭を額《ひたい》、目尻《めじり》、そして頬に当て、そこで手の動きを止め、凝《じ》っと空を見詰めている。群青《ぐんじょう》色の空に、小さな星が光っていた。

軍兵衛は、そっと裏路地から離れた。

千吉が、銀次が、仙十郎らが続いた。

軍兵衛は一頻《ひとしき》り歩くと、千吉の名を呼んだ。

「気に入らねえ。奴の塒《ねぐら》を調べておけ」

「それだけで、よろしいですか」

「今のところは、な」

「あの板前に、何か」

「俺はな、胸の薄い優男《やさおとこ》は嫌いなんだよ」

二

四ツ谷御門外にある村越左近将監の屋敷に、夕べの灯《ひ》が灯《とも》り始めている。手燭《てしょく》の灯が侍女の歩みとともに横に流れ、座敷の前で止まる。灯は廊下に置かれた後、障子の内に消え、ふわりと明るく膨らみ、また廊下を流れて行く。何やらこの世のものではない美しさが、そこにはあった。

(今まで気付きもしなかった……)

と用人の脇坂久蔵は、灯の流れる様に見入った。

その心が、今の己に相応《ふさわ》しいものではないと気付くのに、時は要しなかった。

脇坂は鋭《するど》い眼差《まなざ》しを隣屋敷との境の塀に走らせた。

もうふたり、脇坂の斜め後ろから塀を見張っている者がいた。中間頭《ちゅうげん》の米次とその弟分の参左《さんざ》である。

ふたりは、脇坂の合図を待っていた。沈黙に耐え切れなくなった米次が、参左に言った。

「松林に矢を射《い》込んだと聞いたのだ。何としても探しに来る。それも日のあるうちにな」

「暗がりでは探せやしませんし、火を灯したら目立っちまいやすしね」

「そうよ。探すには、今が頃合《ころあい》よ」

「来るでしょうか」

参左が脇坂に訊いた。

「奴が、奉行所の手先ならばな」

日が沈み、空が明るさを失った。

「今日は、もう……」

米次が、脇坂の顔色を窺《うかが》いながら言った。脇坂の顔は、半《なか》ば闇《やみ》に沈み掛けている。

「仕方あるまい」

「へい……」

翌日の夕刻、また同じ顔触れが木陰に並んだ。

遠くで枯枝《かれえだ》を踏み折るような音がした。

「………」

米次が、脇坂を見た。脇坂は目で頷くと、そっと土塀の方に擦《す》り寄った。足音が次第にくっきりとして来た。

三人は息を潜《ひそ》め、土塀に吸い付くように寄り添った。足音は一旦歩みを止めると、鼻を鳴らしてから、ぐるぐると回り始めた。

犬だった。

米次はふっと息を吐き出し掛けて、甚八から聞いたことを思い出した。

「脇坂様、佐平を連れて来た源三ですが」

「どうした？」

「申し訳ございません。大名家の中間ではなく、腰物方《こしものかた》の妹尾様の中間でございました」

「妹尾周次郎殿か」

「よくご存じで」

「……今更分かったとて、何の役にも立たぬわ」

脇坂の語気に圧《お》され、米次と参左が顔を見合わせたところで、また枯枝が鳴った。

足音の大きさが違った。

重さがあった。人に相違なかった。足音の主は、犬を追い払うと、ちっと舌打ちをした。

脇坂は空を見た。まだ、暮れ残っている。これから半刻の間に探そうというのだろう。

脇坂は用意させておいた梯子《はしご》と、隣屋敷の松の上枝《うわえだ》に射ておいた囮《おとり》の矢を確認した。

矢を見付ければ、松に登る。そこを狙って土塀に梯子を掛け、盗っ人《ぬすっと》として斬って捨てる。

（さすれば、二度と屋敷に探りを入れられることはあるまい）

第一に、我ら旗本家が、町方《まちかた》に探りを入れられる謂《いわ》れはないのだ。

探りを入れられ、御目付に知らされたとしても、主・左近将監と御目付とは、親交があった。万が一にも、町方などに付け込まれる心配はないのだが、村越の家名に傷を付ける訳にはいかなかった。

足音は暫《しばら》くの間右に左に動き回っていたが、ようやく矢に気付いたのか、ぴたりと止まった。

土塀越しに、こちらの庭を見渡しているのだろう。荒い息が、塀の上から降《ふ》って来た。

米次を見た。米次の後ろにいた弟分が消えている。どこに行った？　肝心な時に役に立たぬ奴めが。米次に、いつでも梯子を立て掛けられるよう命じた。松に飛び付く音がした。目で米次に、登っている。器用に身体が動く質《たち》なのだろう、枝が撓《しな》っている。そのまま上へ上へと登っているのか、音が遠くなった。

（よし、今だ）

米次に合図を送ろうとした時、風が唸《うな》った。風は束になって、虚空《こくう》を切り裂いて飛んで来た。聞き覚えのある音だった。

矢が肉を貫《つらぬ》く、含んだような音を立てた。

脇坂は土塀から一間程飛び退《の》き、囮の矢を刺しておいた松を見上げた。

右肩を射貫《いぬ》かれた男が、辛《かろ》うじて松の幹にしがみつきながら、矢の飛び来た方を見据えていた。

「野郎、佐平ですぜ」

米次が梯子を土塀に掛けた。また、風音が立った。風は黒い棒になって、土塀の笠瓦《かさがわら》を砕《くだ》いて撥《は》ね飛ばした。

米次が梯子に掛けた足を踏み外して、転《こ》けた。

源次郎だった。庭の向こう隅にある納屋から、半身を覗かせていた。参左を抱き込み、計略を訊き出し、己の手で始末を付けようとしたのだ。

気付くべきであった。脇坂は拳を握《にぎ》り締めた。

何ゆえ、突然参左がいなくなったのか。納屋に隠れ、弩で片を付けようとしていた源次郎に知らせるためだったのだ。

それでもまだ、心の臓を射貫くなりして、佐平を殺したのならば、先走りを認めもしよう。だが、肩を射貫いただけに止《とど》まり、恐らく弩を射る姿も見られてしまったであろう。これでは、何のために矢師を殺し、弩の所持を隠蔽《いんぺい》したのか分からぬではないか。

――しつこく尋ねられましたが、御安心下さりませ。私は何も話しませんでした。

矢師・中嶋金右衛門は、弩を屋敷では見なかったことにすると言い、百両の金を求めて来た。その男に弩を自慢げに見せたのも、源次郎だった。

（どいつもこいつも、馬鹿どもが……）

脇坂は、歯がみしたいのを堪《こら》え、「走れ」と米次に命じた。

「後の始末は脇坂に任せられよ、とお伝えせい」

「へい」

米次が駆け出したのと同時に、枯葉が鳴った。佐平も松を降り、走り出したのだ。

土塀を挟んで、ふたつの影が表へと駆けた。ふたりの前に、通りと敷地を隔《へだ》てる土塀が立ち塞《ふさ》がった。

佐平にとって幸運だったのは、土塀近くに小山があったことだった。小山の頂きから土塀の笠瓦に飛び移り、難無く通りに降り立つことが出来た。

しかし、右肩を貫いた矢からの出血と激痛が、佐平の体力を奪い始めていた。

（落ち着け。落ち着くのだ）

自らに言い聞かせながら、村越屋敷から一歩でも遠ざかろうと、佐平は懸命に走った。

大名屋敷の角を曲がった。曲がる拍子に、村越屋敷の土塀を見た。武家がひとり、笠瓦を越えるところだった。

（あの三一《さんぴん》は、旦那の言っていた用人だろうか）

もし用人ならば、腕が立つという話だった。追い付かれたら、命はない。

小石につまずき、思わず塀の白壁に手を突いた。壁が赤く汚れた。傷口が裂けたらしい。背中に血が流れ落ちるのが分かった。

(駄目だ。保《も》たねえ)

傷のことだけではない。もし、辺りの武家屋敷から二本差しが行く手に現われたとしたら、矢を受けて負傷した者を黙って見過ごしてくれる訳はない。そこに、用人が追い付いたとしたら、結果は火を見るよりも明らかだった。

(どうしたらいいんだ?)

思う間《ま》もなく、人影が通りに見え始めた。町屋の者ではない。武家か、その郎党か。御屋敷奉公の女中衆だった。

佐平の肩の矢に気付いた女中が、袖《そで》で口許《くちもと》を押さえ、道の端に寄った。鏃《やじり》から血が滴《したた》り落ちている。

佐平の走る速度が鈍《にぶ》った。

後ろから、足音が聞こえて来た。

刀の柄《つか》に手を掛けた用人が、腰を落とし、地を滑るように走って来ている。

(南無三《なむさん》)

祈りを込め、佐平は建ち並んでいた組屋敷のひとつの木戸を押し、転がり込んだ。

木戸の内側は、幅三間（約五・四メートル）の道を挟んで、約百坪程の屋敷が左右に並んでいた。

佐平は肩を押さえながら、左右の屋敷の木戸門を見回した。木戸門は、胸程の高さしかなかった。

庭の菜園で菜を摘《つ》んでいた女が立ち上がり、佐平の肩を訝しげに見詰めてから、短い悲鳴を上げた。

「脅《おど》かして、済《す》いやせん」

佐平が詫びていると、

「何者だ？」

玄関口に現われた男が、佐平に尋ねた。

「決して怪しい者ではございやせん」

「ここが御先手《おさきて》組の組屋敷と知っての駆け込みか」

「御先手……」

「それとも火附盗賊改方《ひつけとうぞくあらためかた》の組屋敷と申した方がよいか」

「ありがてえ」

佐平が左の手を上げ、片手拝みをした。

「あっしは、北町奉行所臨時廻り同心の手の者にございます。何卒《なにとぞ》お匿《かくま》い下さい」

「何？」

通りから、走り寄って来る草履《ぞうり》の音が聞こえた。男が、入れ、と木戸門を開けた。

佐平が玄関口に消えるのと同時に、通りの木戸が開いた。

目を据えた用人が、腰から入って来た。地面の血の跡を辿り、佐平の入った木戸門の前に立った。

「御免」

用人の低い声が、四囲《しい》の空気を震わせた。

「何か――」

佐平を匿った男は腰に脇差《わきざし》を、手に大刀を持ち、用人と木戸を挟んで向かい合った。

「貴殿の屋敷に入ったことは分かっておる。その者、当家に押し入りたる盗賊なれば、お引き渡し願いたい」

「それは丁度《ちょうど》よかった」

「ありがたい。では、早速……」

「何を勘違いしておられる」

「何……」

脇坂の目に、険《けん》が奔《はし》った。

「ここは火附盗賊改方の同心組屋敷なれば、丁度よいと申し上げたのだ。賊ならば、取り調べは我らにお任せ願おう」

「お察し下され。事を荒立てたくないのだ。枉《ま》げて、お引き渡し願えぬか」

「御役目と御理解下され」

「どうあっても渡さぬと言われるのだな」

「左様」

「名を」と脇坂が、男を見据えながら言った。「お聞かせ願いたい」

「火附盗賊改方同心・土屋藤治郎《つちやとうじろう》。御貴殿は？」

「西丸留守居を相務める村越家用人・脇坂久蔵」

「失礼だが、柳《りゅうじょうりゅう》条流の？」

風に戦《そよ》ぐ柳《やなぎ》の枝を見て豁然《かつぜん》と剣技を悟った、作州《さくしゅう》浪人・柳斎《りゅうさい》児玉《こだま》紀一郎《きいちろう》が興《おこ》した流派だった。脇坂久蔵は、脇構えから刀を鞭《むち》のように撓わせて斬り上げる《草刈《くさかり》》を得意技にし、江戸の剣客《けんかく》の間では密《ひそ》かに知られた剛の者であった。

「ご存じか」

「御噂《うわさ》のみですが」

「お望みならば手合わせしても構わぬが、何とされる？」

「火盗改方《かとうあらためかた》と一戦を交《まじ》える御覚悟があらば、受けましょう」

脇坂は凝っと土屋藤治郎を睨《にら》み付けていたが、思い直したように鼻を鳴らすと、くるりと向きを変え、組屋敷の木戸を音高く開けて出て行った。その姿を、後を追って来た中間の参左が、物陰に隠れて見ていたのだが、脇坂は気が付かなかった。

藤治郎は掌《てのひら》に浮いた汗をそっと帯で拭《ぬぐ》い、玄関の戸を開けた。

矢から滴り落ちた血が、土間に血溜《ちだま》りを作っていた。

三

土屋藤治郎からの使いが小網町の千吉に飛び、千吉が留松を従えて八丁堀に走った。

鷲津軍兵衛が四ツ谷御門外にある御先手組の組屋敷に着いたのは、五ツ（午後八時）を回った刻限だった。

軍兵衛は土屋藤治郎と妻女に礼を言い、組屋敷に上がった。千吉が続き、留松は木戸門のうちで待った。

佐平は、油紙を敷いた寝具の上に寝かされていた。手当を受け、着替えもさせて貰い、安堵《あんど》したのか、よく眠っている。

軍兵衛は、佐平が目を覚ましたところで八丁堀に移そうと考えていたが、藤治郎に止められ、一晩《ひと》厄介《やっかい》になることに決めた。

「それがよい。我ら御先手組は弓の威力も傷も知り抜いておりますからな、言うことは聞いておくものです」

命に別状がないと分かれば、佐平の女房を驚かす訳にはいかない。留松を走らせ、今夜は帰れないからと女房に伝え、明日改めて千吉が訪ねることにした。

「これが、その抜いた矢ですが」と、藤治郎が軍兵衛に言った。「証の矢だから捨てるな、なくすな、とうるさく喚《わめ》いておりました」

矢は、鏃も拵《こしら》えも、魚売りの与助の胸を貫いた矢とそっくりだった。

「旦那」

千吉が、思わず軍兵衛を見た。

「これで己の咎《とが》を隠し抜こうとした奴らに、一泡吹かせてやれるわ」

軍兵衛が、懐紙《かいし》の上に矢をのせ、佐平の枕許に置いた。

「みんな、お前の手柄だ。よくやってくれたな。矢は明日、その手から渡して貰うぜ」

「ありがとうございやす」

千吉は軍兵衛に頭を下げると、佐平の脇へと膝を寄せた。

「その者は、手先となって長いのですか」

藤治郎が、妻女に茶を言い付けながら訊いた。

「まだ、見習いと申しますか、これが初めての務めでした」

「大した男ですぞ。必ずや物になるでしょう」

「何か、申しましたか」

「何も言わぬのです」

藤治郎が、妻女が運んで来た茶を軍兵衛と千吉に勧《すす》めながら言った。

「臨時廻りの手の者であると言い、親分の名を口にした以外は、ただ黙って手当を受けておりました。矢を引き抜いた時も、偉丈夫《いじょうぶ》で鳴らした者でさえ気を失う痛みである筈なのに、歯を食いしばって耐えました。大した者です」

千吉が、拳で目頭を拭った。

「ところで」と藤治郎が、軍兵衛に訊いた。「一泡吹かせると言うておられたが」

「それが、何か」

「村越家とどのような悶着《もんちゃく》があったのかは知りませぬが、その一泡吹かせる相手の中には、脇坂久蔵殿も入るのですか」

久蔵殿？　軍兵衛が、僅《わず》かに身構えた。

「脇坂殿は剣の達人です。失礼を承知で申し上げるが、一対一の立ち合いは避けた方がよいでしょう」

「そんなに腕が立つのでございますか」

千吉が尋ねた。

「私も腕に覚えがない訳ではありません。しかし、脇坂殿に勝つ自信は、残念ながら全くありません」

「己の腕が並以上だということは、誰よりも脇坂久蔵が知っておりますな？」

「でしょうな」

「ならば、話は早い」

軍兵衛が何を言いたいのか、藤治郎には考えが及ばなかった。軍兵衛を見詰めた。

軍兵衛は、魚売りの与助が射殺されてからのことを掻い摘《つま》んで話した。

「町方は旗本を御縄にすることは出来ません。強請《ゆす》って、赤子の費《つい》えくらいふんだくってやろうかと思いましてね。勿論《もちろん》、それで済ます気は毛頭《もうとう》ありませんが」

瞬間呆気《あつけ》に取られていた藤治郎が、思い直して口を開いた。

「何と答えたらよいのか分からぬが、果たして払ってくれるであろうか」

「脇坂ならば払いましょう。立ち合えば己の方が上だと思っているのだから、脅しに屈したという思いはない筈。そのような者は、小さな喧嘩《けんか》はせずに払ってくれます」

「小さな喧嘩、ですか」

「こっちは命懸けですが、向こうは勝つ勝負なのですから、小さな喧嘩でしょう」

「はあ」

藤治郎は、千吉に目を遣り、いつもこのような考え方をしているのかと問いた

げにしていたが、

「お手並みを拝見いたしましょう」と言って茶を飲み、一息入れてから言った。

「その上で何かご相談があれば、火附盗賊改方の役宅まで来られるがよろしかろう。長官にお引き合わせいたしましょう」

火盗改方の長官・松田善左衛門勝重《まつだぜんざえもんかつしげ》は、遣り方が強引であるという風評もあったが、因習にとらわれぬ横紙破り《よこがみやぶ》りの士として聞こえていた。

「お目通りは叶《かな》うのでしょうか」

「酒の肴《さかな》はあっさりがお好みだが、話は生臭いのがお好きという御方ですから、喜ばれるでしょう」

「これは参りました」

「いや、こちらこそ参りました」

思わず藤治郎が呟《つぶや》いて、笑い声を上げた。

その声で、佐平が目を覚ました。

「旦那」

「おう、脅かすな。寿命が縮んだぜ」

軍兵衛が声を張り上げた。

「申し訳ありやせん。手柄を焦り、美味《おい》しい話にのってしまいやした」

「謝るのはこっちだ。危ねえ真似《まね》をさせちまったな、勘弁してくれ」

「とにかく命があってよかった……」

千吉が、佐平の足を摩《さす》った。

第六章　白虫《しらむし》

一

年番方与力《ねんばんかたよりき》の詰所で、島村恭介と臨時廻り同心《どうしん》の加曾利孫四郎、定廻《じょうまわ》り同心の小宮山仙十郎が、額《ひたい》を寄せていた。

夜泣きの一味が四年に一度、江戸で押込《おしこ》みを働くとすれば、そして、既に引き込みの者を配しているのであるならば、いつ事件が起こっても不思議ではなかった。

だが、引き込みに入ったと思われるお時と夜泣き一味を結ぶ糸が見付からず、一味の隠れ家は杳《よう》として知れなかった。隠れ家を突き止め、押込みの日にちを割り出し、一網打尽《いちもうだじん》にしなければ、一味を壊滅《かいめつ》させることは出来ない。

「こうなれば」と、加曾利孫四郎が島村に言った。「《白虫《しらむし》》に掛けますか」

《白虫》とは虱《しらみ》のことで、《白虫》あるいは《白虫に掛ける》と言えば、虱潰《つぶ》しにするという意味の奉行所言葉だった。

総勢十五、六名から二十五、六名の者で、ただひとりの者を尾《つ》ける。尾行は、対象となる者だけでなく、その者が一歩町屋へ出てからは接触した者すべてに尾行を付け、身性《みじょう》を明らかにして、仲間との連絡《から》みの有無を調べるという徹底したものだった。

しかし、人数を配する以上、確かな成果を上げることが求められた。

「お時の動きは調べてあります。明後日には、品物を受け取りにひとりで煙管師《キセル》の家を回る筈《はず》です。《白虫に掛ける》なら、大急ぎで訪《おとな》う煙管師を調べ直させますが」

「まだ調べ足りぬことがあるのか」

「《白虫》に遺漏《いろう》があってになりませぬ」

「分かった。頭数を揃《そろ》えてくれ」

臨時廻り同心と定廻り同心を集め、尾行の主旨を伝え、それぞれが手先として使っている岡《おか》っ引《ぴき》とその手下に力添えを頼まなければならなかった。集めた彼《か》の者どもを、決めた日にちに変装させて町屋に送り出し、獲物を尾けさせるためである。

総勢二十五名の者が奉行所に集められた。

これらの者を五つの組に分け、組頭を置き、各組が交替して尾行するのである。

定廻り同心の詰所に、組頭に任じられた岡っ引五名が通された。臨時廻りも定廻りも同心の面は町屋の者に割れてしまっているため、《白虫》には加わらない。一歩《白虫》に出れば、組頭の岡っ引が己の裁量で判断しなければならなかった。それはまた、岡っ引の腕の見せどころでもあった。

「其《そ》の方らの眼力に期待しておる。頼んだぞ」

島村から言葉を賜《たまわ》り、六ツ半（午前七時）に奉行所から町屋に出た。その中に、小網町の千吉も神田八軒町の銀次も義吉もいた。義吉は、夜泣き一味の何人かを見知っているので、各組頭の後方に付いた。一味の者が現われた時に、組頭に知らせるのが役目だった。

五ツ半（午前九時）、お時が真福寺橋南詰大富町の煙草《タバコ》・煙管問屋《国府屋》

の表に現われた。

　畳んだ風呂敷を手に、晴れやかな笑顔を見せて、手代の見送りに応《こた》えると、真福寺橋を西に渡った。

（気を抜くなよ）

　第一組を預かる《棟梁《とうりよう》》が、四囲《しい》の手下に目で告《つ》げた。《研屋《とぎ》》と《百姓》と《碁盤縞《ごばんじま》》と《棒縞《ぼうじま》》が、僅《わず》かに頷《うなず》いた。

　お時は、三十間堀沿いに西に進み、新両替町《しんりようがえちよう》一丁目の通りを横切り、丸太新道《まるたしんみち》に折れ込むと弓町《ゆみちよう》の裏店《うらだな》に入った。

「煙管師の治兵衛《じへえ》の借店《かりだな》です」

《棒縞》が《棟梁》に囁《ささや》いた。

「治兵衛は六十一歳。十四の時に弟子入りして四十七年、一途《いちず》に煙管を打っておりやす。夜泣きとは無縁の者と思われます」

《棟梁》は先入観を持たないように、《棒縞》からあらかじめ話を聞くようなことはしない。その場で聞いて即決するのが、《白虫》の習わしだった。

「そのようだな」

《棒縞》は《棟梁》から離れると、南紺屋町の方に消えた。

程《ほど》無くして幾分膨《ふく》らんだ風呂敷を手にしたお時が、長屋を出、南に向かって歩き始めた。

鎗屋町の通りで、路地から飛び出して来た頬被《ほおかぶ》りの男とぶつかりそうになった。

「どこに目を付けていやがるんでえ」

男は怒鳴《どな》って、向かいの路地に駆け込んだ。《棟梁》が《碁盤縞》を見た。《碁盤縞》が男の入った路地に足を急がせた。

鎗屋町を抜けたお時は、数寄屋河岸の方に折れると、弥左衛門町の火打石《ひうちいし》問屋《鴫屋》の前を通って河岸《かし》に出、堀に沿って山下《やました》御門の方へと向かい、山下町の裏店に入った。

「煙管師の弥三郎《やさぶろう》です」

《棒縞》が《棟梁》に擦《す》り寄った。

「弥三郎は四十九歳。十三で、この道に入って三十六年。腕は江戸でも指折りだそうです。こいつも無縁と思われやす」

「分かった」

《棒縞》は山下御門を西に見ながら、山城河岸をゆるゆると南に下った。

仕上げた量が少ないのか、お時の風呂敷の膨らみは変わっていない。

お時が《棒縞》の後を辿《たど》るように、山城河岸を南に歩いている。

何か探しものでもあるのか、足を緩《ゆる》め、落ち着きなくあちこち見回していたが、喜左衛門町で東に折れ、加《か》賀町《がちよう》との境近くの裏店に入った。

煙管師・半兵衛《はんべえ》の借店だった。

「こいつは越して来てまだ三年と日が浅く、ちと様子が知れません。女房子供なしの独《ひと》り身で、三十七歳。胸を患《わずら》っている妹がいるそうです。どういたしやしょう?」

「残そう」

「それがよろしいかと」

《棟梁》が《百姓》を目で呼び寄せた。その間に、《棒縞》が離れた。

(見張れ)

(合点《がってん》)

《百姓》が、懐《ふところ》から芋《いも》を取り出して、路地の隅に腰を下ろした。

喜左衛門町には、もうひとり煙管師がいた。

「長煙管の卯之吉《うのきち》と呼ばれる、変わり者です」

「どう変わってるんでえ？」

「丈《たけ》の長い煙管を好んで打つんだそうですが、それよりも奴《やっこ》さん、人嫌いで、品物を受け取りに行っても、戸を開けもしないことがあるとか聞いております。ところが、どういう訳か、お時を気に入りましてね」

「お時が卯之吉に気に入られるためには、先《ま》ずお時が行かねばならねえだろう。どうして、お時が行った？」

「主の利兵衛のおともで行ったと聞いておりやす。その時、お時が長煙管を打っていた爺《じい》さんのことを話し、気に入られたとか。利兵衛が女ながらお時を煙管の受け取りに回らせたのは、それからだそうです」

「何でいつも、お時はひとりなんだ？」

「受け取りに出向いているのは、お時だけじゃござんせん。手代も出ておりやす。その手代がひとりですから、その手前もあるんでございやしょう。それに、何と言っても、手代の仕事を女が遣《や》るんです。男の手を借りたら、男衆からも女衆からも妬《ねた》まれるってものでしょう」

「お前、いつからそんなに読めるようになった？」

「へっ……」

「誰の知恵だ？」

《棒縞》は首筋に手を当て、二、三度撫《な》で摩《さす》ってから、煙管師の下調べをしていた時に、小網町の千吉の手下の留松に出会ったのだと言った。その時、分からねえと疑問をぶつけてみると、俺も分からなかったので、親分に解《と》いて貰《もら》ったのだ、と教えてくれたらしい。

「留も、いい男になったな。普通なら、答えずに笑っているだけだぜ」

「で、卯之吉は、どういたしやしょう？」

「違うな」と《棟梁》が言った。「夜泣きの息の掛かった奴ならば、変わり者ではなく、真面目《まじめ》で堅い奴《やつ》だと思わせるだろうよ」

「では？」

「放《ほう》っておけ」

「へい」

お時は、手に提《さ》げていた風呂敷を背負って、長屋から出て来ると、土橋と中ノ橋の中程にある寄合町《よりあいちょう》の路地に入った。

「ここには竹屋がありまして、竹筒の煙管入れを《国府屋》に納めております」

「それまで、お時が担《かつ》いで帰るのか」

「煙草盆《ぼん》を担いで帰ったこともあったと聞いておりますが、まさか今日はお店《たな》の注文を伝えるだけでしょう」

「だろうな」

通りの角で待っていると、竹の皮の包みを手にしたお時が、嬉《うれ》しそうに弾《はず》む足取りで汐留川《しおどめがわ》を越え、芝口西側町《しばぐちにしがわちょう》の堀端に並べられている切石《きりいし》に腰を下ろした。風呂敷を膝《ひざ》の上に置き、その上で皮の包みを解いた。白い饅頭《まんじゅう》がふたつ認められた。お時は腰に下げて来ている竹筒の水で咽喉《のど》を潤《うるお》すと、行き交《か》う人を見ながら、饅頭を食べ始めた。ひとつ目は、瞬《また》く間《ま》になくなった。もうひとつ食べてしまおうか、迷っている。止《や》め、と決めたらしい。竹の皮を包み直し、胸許《むなもと》に押し込んでいる。

「あれで二十八、九なんですかね」

《研屋》が《棟梁》に小声で話し掛けた。

「どう見ても、十五、六、いやもっと下ではないですかい」

「……そこが猫間よ、騙《だま》されちゃならねえ」

風呂敷を背負い、立ち上がったお時に、遊び人風の男が声を掛けている。

「何だ、あいつは？」

「知りやせん」

《研屋》が答えた。離れた物陰にいる義吉も、土地に詳しい《棒縞》も、首を横に振っている。《棟梁》が《研屋》に尾けるよう命じた。《研屋》が人込みの中に消えた。


第一組の組頭から第二組の組頭に、張り付いている者の有無が伝えられ、尾行が始まった。

《半纏《はんてん》》が左右を確認した。《矢《や》鱈縞《たらじま》》、《味噌《みそ》漉縞《こしじま》》、《灯心《とうしん》売り》、《手代》。顔触れは揃っていた。

お時は、芝口橋から南へと大通りを下った。ここは、日本橋に始まり、京橋、芝口橋、金杉橋《かなすぎばし》と渡れば高輪《たかなわ》、品川《しながわ》へと続く東海道だった。見送りの者らに囲まれた旅人の姿もあれば、江戸に着いたばかりで埃《ほこり》まみれの者もいた。通りは、行き交う人々で賑《にぎ》わいを見せている。

「抜かるなよ」

《半纏》が、手下の気を引き締めた。

お時が通りを東に折れた。正面に、微《かす》かに海が見えた。浜御殿《はまごてん》沖の海だった。

潮風が濃い。芝口二丁目の煙管師は、鬼鉄《おにてつ》と呼ばれていた。

「その頑固《がんこ》なことはちょいと知られておりやして、気が向かなければ、作らねえって野郎です」

「歳《とし》は？」

《半纏》が訊いた。

「七十を過ぎた筈でございやす」

「まあ、関係はねえだろう」

出来ている品がなかったのか、お時の荷は増えていなかった。

お時はそのまま、東海道から一本海に近い東の道を歩き、芝口三丁目の表店《おもてだな》に入った。

「煙管師の名は彦助《ひこすけ》。まだ三十一と若《わこ》うございやすが、腕は確かで、ふたりの弟子がおります」

華やかな飾り彫りを得意としているが、地味で無駄口を叩《たた》かぬ物静かな男という評判だった。

取り立てて調べる必要があるようには、見えなかった。《半纏》は彦助を夜泣き一味とは無関係と断じた。

お時が、風呂敷を大分《だいぶ》膨らませて、通りに出た。

その後ろから追い掛けて来る者がいた。

「お雪さん」

《国府屋》での名を呼ばれ、お時が振り向いた。彦助の弟子のひとりだった。

弟子は二十か二十一くらいだった。

「貰い物だけど、よかったら」と言って、紙に包んで捻《ひね》ったものを渡した。「とても甘くて美味《おい》しいんだ」

どうやら菓子であるらしい。

「ありがとう」

お時の歯が覗《のぞ》いた。

「頑張れよ」

ただそれだけ言うと、戻って行った。

（どういたしやす？）

尋《たず》ねた《矢鱈縞》に、《半纏》が首を横に振って答えた。

お時は、暫《しばら》くお捻りを大切そうに持っていたが、ふたつ程通りを渡ったところでお捻りを開いた。

捻った紙に何か書いてあったらしい。お時は菓子を口に含むと、ちらと紙に目を通し、鼻先で嘲笑《あざわら》いながら丸めて狭い堀に捨てた。

「見たか」

《半纏》が《灯心売り》に訊いた。

「あれが」と《灯心売り》が、訊き返した。「猫間の素顔なんでしょうか」

「恐らくな」

《半纏》は、《矢鱈縞》と《味噌濾縞》に、念のため紙を拾《ひろ》うように言い付けた。

お時は、東海道を横切り、日陰《ひかげちょう》町通りに出ると、芝口橋の方に踵《きびす》を返した。

茶店があった。茶と団子を供するだけの、小体《こてい》な店だった。東海道を上り下りする商人らを客種にしているらしい。

お時は、老爺《ろうや》に声を掛け、風呂敷を置くと、団子を頬張り茶を飲み始めた。

女が来た。お時の横に座ろうとして、茶を引っ繰り返した。女は粗忽《そこつ》を詫《わ》び、お時に新しい茶を出すように老爺に言っている。洗い髪をぐるりと巻き上げ、焦《じれ》結《ったむす》びにしている女だった。義吉は何も言ってこない。

「町屋の女房じゃねえ。尾けろ」

《半纏》が《灯心売り》に言った。

お時はゆっくりと茶を飲み干すと、焦結びに礼を言い、芝口橋の方へと北上した。

「ここからは、任せてくれ」

第三組が、《半纏》らに取って代わった。

第三組を差配するのは、大名縞に腰までの半羽織《はんばおり》を着込んだ銀次だった。

お時の後に続いて、銀次らも芝口橋に差し掛かった。

視界が開け、橋の向こうの金六町《きんろくちょう》や北紺屋町が見えた。米屋や薪商人《たきぎ》が軒《のき》を連《つら》ねており、橋の下には貸し舟が舫《もや》ってあった。

お時がふいに立ち止まった。橋の欄干《らんかん》に片手をのせ、舟を見下ろしている。

ぷっくらと膨らんだ頬を、潮風にほつれた髪がくすぐっている。

あどけなさがあった。江戸に来たばかりの年端《としは》も行かぬ少女の面影《おもかげ》があった。

お時が手の甲で顔の髪を払った。その瞬間、掌《てのひら》の陰から橋上の人々に鋭《するど》い一瞥《いちべつ》をくれた。

銀次は凍《こお》るような思いを隠して、ゆるりとお時の脇を行き過ぎ、橋を渡り、人込みに紛《まぎ》れた。銀次は、半羽織を脱ぎ、着物一枚になって、《八百屋《やおや》》を目で呼んだ。

羽織を《八百屋》の背負い籠《かご》に放り込み、誰かと連絡《から》むぞ、見逃すなと素早く命じた。

お時は何事もなかったかのような顔をして、芝口橋を渡り切ると、御薦《おこも》の受け皿に小銭を落とし入れた。

銀次が義吉を呼び寄せて訊いた。

「御薦に見覚えは？」

「ありやせん」

銀次が《鳶《とび》》を見た。《鳶》の衣裳《いしよう》を纏《まと》っていたのは忠太だった。

「勘《かん》だ。動いたら尾けろ」

「へい」

《鳶》は頷くと、その場に残った。

お時は出雲町《いずもちよう》の通りを金六町の方に折れ、路地裏にある《助右衛門店《すけえもんだな》》に入った。

腰高障子《こしだかしようじ》に煙管の絵が描かれ、梅吉《うめきち》と名が記されていた。

「梅吉もお時贔屓《びいき》のひとりだそうです。歳は六十前後。親の代からの煙管師です」

《子持縞《こもち》》が、銀次に耳打ちした。

「堅気《かたぎ》だな」

「と思われやす」

お時の荷が、随分と大きくなった。

「もしかすると、今日はこれで上がりかも知れねえぞ」

銀次が懸念したように、お時は出雲町の通りを北に取った。真《ま》っ直《す》ぐ行き、京橋の手前を東に行けば、出発点の真福寺橋に出る。

ところがお時は、内山町《うちやまちょう》の十字路で突然西に折れた。足取りが、心なしか軽くなっている。

お時は、内山町の裏店の煮売り屋に寄り、切り昆布の佃煮《つくだに》と揚げものを四つ程包んで貰うと、それらを手にして、加賀町の方へと足を急がせている。

銀次は、《格子縞《こうし》》に訊いておくように命じた。煮売り屋の者が、月に数度、風呂敷を背にして買いに来るお時を覚えていた。

「こっちに、何がある？」

「煙管師の半兵衛の長屋がありますが、他は分かりやせん」

「あそこには張り付いているのがいたな？」

尻《しり》を掻《か》いていた《百姓》は、背後から現われたお時に度肝《どぎも》を抜かれそうになったが、そこは海千山千《うみせんやません》の下っ引である。毛筋程の顔色も変えずに、見送った。

銀次に呼ばれた《百姓》が、半兵衛の借店を指さした。

「入りやした」

「彼奴《きやつ》に動きは？」

「ありやせん。が、医者が来やした」

「妹だ。医者が誰だか分かるか」

「道庵《どうあん》先生と呼ばれておりやしたが……」

「分かった。寄合町の先生だ。お前さんの聞き込みを横取りするようで悪いが、念のためだ。調べさせて貰っていいか」

「これは《白虫》でございます。お好きになさって下さいやし」

「済まねえ」

銀次は《子持縞》を寄合町に走らせた。

お時は、半兵衛の家を出ると山城河岸に出、出掛けの時のようにあちこちを見回している。

「ここで何か探しものをしているようだったという話でやしたね？」

《八百屋》が言った。組の交替の時に知らされていた。

「何だ？　落とし物か」

猫の鳴き声が聞こえて来た。銀次と《八百屋》が物陰に隠れた。

「玉《たま》や」

お時が呼んでいる。舌を鳴らし、猫を呼んでいる。茶と白の斑《ぶち》が、外した雨戸を立て掛けておく狭い路地からのっそりと出て来た。

お時は屈《かが》むと掌を伸ばした。掌には、煮干しがのせられていた。

お時は、猫が煮干しを食べている間中、背や額を撫《な》でていたが、食べ終え、舌で口の周りを嘗《な》め回す頃には、ふいと立ち上がり、数寄屋河岸の方へと歩を進めてしまった。呆気《あっけ》ない幕切れに、銀次らは物陰から飛び出した。

お時は、数寄屋河岸を通り過ぎると、そのまま三原橋を渡り、後は三十間堀に沿って、《国府屋》に戻って行った。

「俺たちの出番はなかったな」

と第四組の千吉が、第五組の《小間物屋》に言った。

「折角身形《せっかくなり》を凝《こ》ったのに悔しいったらありゃしねえや」

《小間物屋》の言葉に、《虚無僧《こむそう》》と《辻占売《つじうら》り》らが短く笑って応えた。

「なあに」と千吉が、言った。「明後日は俺たちの腕の見せどころよ」

「とは言え、出番がないことを願いやしょうか」

手下どもの先に立った《小間物屋》が、ゆらりと身体を揺らしながら、奉行所へと歩き始めた。義吉が、ひどく疲れた顔をして、銀次の後に続いた。

この日、尾行した者の中に、夜泣きと繋《つな》がる者がいれば、明後日の《白虫》はなくなる。

時刻は昼の八ツ（午後二時）になろうとしていた。

お時は、お店の厨《くりや》の隅で、遅い昼餉《ひるげ》を貰うのだろう。

千吉は手下らを縄張りに戻し、ひとりで奉行所に戻った。

《白虫》の成果を、聞かなければならなかった。


七ツ半（午後五時）、定廻り同心の詰所に、五つの組を差配した千吉ら岡っ引五人が集められた。

詰所には、島村恭介を中央にして、定廻り同心と臨時廻り同心が左右に居並んでいた。

出発の時と同様、この座に下っ引は上がれなかった。ただ《白虫》に加わった下っ引は、大門裏の控所で待機する運びとなっていた。同心の問いに、直《ただ》ちに答えられるよう控えているのである。

臨時廻り同心の加曾利孫四郎が、組から離れ、個々に怪しい者を尾けていった下っ引の成果を報告するよう、組頭役の岡っ引に言った。

最初は、第一組を預かった《棟梁》だった。

「鎗屋町の通りで、お時が路地から飛び出して来た男とぶつかりそうになりました。念のために男の身性を調べたところ、土地の遊び人でしたが、夜泣きに繋がっているとは思えませんでした。また、煙管師・半兵衛が、越して来てまだ三年と日が浅いので、張り込ませているのですが、妙な動きはありません。この半兵衛は病持ちを抱えておりまして、医者の往診がありました。その件につきましては、神田八軒町の銀次親分にお尋ね下さい」

「銀次、どうであった？」

小宮山仙十郎が訊いた。

「へい」銀次が答えた。「半兵衛の妹が、胸を病《や》んでもう一年近く臥《ふ》せっているようでございます。医者は寄合町の道庵先生でございますが、治る見込みは殆《ほとん》どないそうでございます。何ゆえお時が半兵衛の妹に肩入れと申しますか、同情を寄せるのかは分かりませんが、このお時の動きは、夜泣きとは無関係ではないかと思われます」

「では、引き続き第一組の調べを申し上げます」

《棟梁》が、加曾利と仙十郎に目で尋ねてから口を開いた。

「もうひとり尾行したのがおります。芝口西側町の堀端で、お時に声を掛けた遊び人風の男でございますが、土地で金《きん》の字とか金的《きんてき》と呼ばれている男で、夜泣きとの結び付きはないと思われます」

「苦労であった。次の時も頼むぞ」

加曾利が、第二組の《半纏》を見た。

「申し上げます。煙管師・彦助の弟子の巳之吉《みのきち》が、菓子を包んだお捻りの紙に何やら書き添えたらしいのですが、お時は見るなり堀に捨てておりました。一応水から拾い上げたところ、次の月の休みの日らしい日付でして、何の日の何時頃真福寺橋まで行くから出て来てくれというようなことが書かれておりました。他愛《たあい》ないことだとは思いますが、何かの連絡《から》みだといけねえので、当日は見張ってみるつもりでおります」

失笑する者をちらと見てから、《半纏》が口調を改めた。

「次いで、日陰町通りの茶店で、隣合わせた女が、お時の茶を引っ繰り返すという出来事がありました。その女は、洗い髪を焦結びにした、いかにも町屋の堅気の女房とは違う様子の女でして、早速後を尾けさせました。女は芝口橋と金杉橋を結ぶ道筋からひとつ増上寺側の道をひたすら南に下りまして、土手跡町《どてあとちょう》の仕舞屋《しもたや》に入って行きました」

「土手跡町というと、目の前は金杉橋ではないか」

加曾利が訊いた。

「左様で」《半纏》が、少しく身を乗り出した。「何ゆえ、そこから日陰町通りの茶店まで出向いたのか、でございます……」

「親類がおるとも、借金の取り立てに出向いたとも限らぬ。調べたのか」

「調べさせているところでございますが、お時が去ると、その女も直ぐに茶店を出、仕舞屋に戻っております」

「そいつは、くさいな」

加曾利が言った。

「においますな」

仙十郎が、頷いた。

「まだはっきりとは言えぬが、今日一番の手応えかも知れぬ。見張り所を設け、出入りする者から女の行き先まで詳しく調べるようにな。人は惜《お》しまず使えよ」

「心得ましてございます」

《半纏》が、意気込んで答えた。

次いで、銀次の名が呼ばれた。

「第三組で引っ掛かったのは、芝口橋の北詰にいた御薦と、煙管師・半兵衛でございましたが、半兵衛の件は既に申し上げましたので、御薦について申し上げます。この者は、二、三年前からこの辺りの堀端に姿を見せるようになりまして、相州《そうしゅう》からの旅人を待っているのだそうです。その旅人が誰なのかは、仇だと言う者もあれば、恋女房だと言う者もあって分かりません。ここまでの調べは、尾行し、塒《ねぐら》を突き止め、大家に問い質《ただ》した結果でございます」

「分かった、よう調べてくれた」

加曾利は銀次に答えると、改めて岡っ引五人に向かい、居住まいを正した。

「皆、一日苦労を掛けた。さぞや疲れたことと思う。礼を申す」

加曾利が、頭を僅かに前に倒した。

「明後日、お時はまた、納品の揃わぬ煙管師の元を回る。焦結びと一味とのかかわりが解けずとも、もう一度《白虫に掛ける》つもりである。今日に劣《おと》らず、また励んで貰いたい。頼むぞ」

岡っ引五人が低頭した。

二

村越左近将監の屋敷を見張らせていた千吉が、手下の新六を走らせてきた。

「用人が、出掛けやした」

「分かった。支度《したく》をしておくか」

背帯に差していた十手《じって》を袋に入れ、左脇腹に差し替えた。万一の時には、脇構えからの逆袈裟《ぎやくけさ》を受け止めてくれるかも知れない。弱気に走ろうとする心を奮い起こすように、立ち上がった。掌で帯を叩き、具合を確かめた。廊下を通り過ぎようとした加曾利孫四郎が、軍兵衛を見て声を掛けた。

「何か、あったのか」

「あるかも知れねえ。これからの話だ」

「助《す》けは？」

「いらねえが、申し訳ない。千吉らをもう暫く使うぞ」

「困るな、明日の《白虫》の打ち合わせをする刻限だぞ」

「藤四郎《とうしろう》じゃねえんだ。あいつらなら、朝一番の一言で十分だろう」

「仕様のない奴だな」

「済まぬ」

間もなくして、留松が走り込んで来た。

「四ツ谷御門外忍町《おしまち》にある料理茶屋《菊《きく》ノ屋《や》》に入りました。ひとりでございます」

「行こう」

鷲津軍兵衛は、留松と新六の案内で、北町奉行所を飛び出した。松の小枝の上に、か細い、針《はり》を折り曲げたような月が掛かっていた。

《菊ノ屋》の門前に、千吉の姿はなかった。

「どこかへ移ったのでしょうか」

留松が、柱行灯《はしらあんどん》の脇から、門の中を覗き込んだ。

「誰か参りやす」

留松が、小走りになって軍兵衛に知らせた。

女将《おかみ》なのか、ゆったりと肥《こ》えた女が、裾捌《すそさば》きも軽やかに現われると、

「もし」と言った。「八丁堀の御方でございますか」

「そうだが」

「お連れ様が中でお待ちでございます」

事の展開が呑《の》み込めなかった。少なくとも、ひとりで先に上がり込む千吉では
なかった。何があった？　軍兵衛は女将の後に従った。留松と新六は、外で待た
せた。

座敷は、離れに設けられていた。渡り廊下の先に座敷が見えた。千吉がいた。

膳《ぜん》を挟んだ真向かいには、脇坂がいる。動けば斬《き》られる距離だった。

「旦那《だんな》」と千吉が呟《つぶや》いた。「申し訳ございやせん」

「最初から知られていたのか」

「へい」

「気付かぬと思うた方が甘いわ」

脇坂久蔵は頬を歪《ゆが》ませるようにして笑うと、千吉に杯を差し出した。千吉が徳《とっ》
利《くり》を摘《つま》み上げ、酌《しゃく》をした。

千吉の膝許に、胴を真っぷたつにされた徳利が転がっていた。

「脇坂殿が斬られたのか」

軍兵衛は手に取ると、千吉に尋ねた。

「左様でございやす」

斬り口に乱れがなかった。一瞬の間に、確実に刃《やいば》が焼き締めた土を斬り払っていた。

「試してみたいのだが、よろしいですかな」

軍兵衛は徳利を立て、身構えた。

裂帛《れっぱく》の気合を口の中に封じ込め、太刀《たち》を薙《な》いだ。

徳利の首が刎《は》ね飛んだ。斬り口を見詰めた。滑らかではなかった。彼我《ひが》の腕の差は明らかだった。

「凄《すご》いものですな」と軍兵衛は言って、徳利を投げ捨てた。「とても敵《かな》いませぬ」

「分かって貰えればよい」

脇坂は杯を飲み干すと、杯洗《はいせん》の水で濯《すす》ぎ、軍兵衛に差し出した。

「親分に酌をして貰い、待っていた甲斐《かい》があったと言うものだ」

軍兵衛はぐいと一息に嚥下《えんか》すると、杯を洗って戻し、

「この一件の始末ですが」と脇坂に言った。「どうつけたらよいと思われます?」

「何かな、この一件とは？」

「お宅の源次郎に射殺《いころ》された魚売りと、源次郎を強請《ゆす》ったがためにお前さんに斬り殺された矢師の金右衛門と、屋敷に調べに入り、肩を射貫かれた若い者のことですよ」

「何の話か分からぬ」

「今更、いいじゃないですか。隠すことはねえでしょう」

脇坂はフン、と鼻を鳴らすと、皿のものを見た。

「これは、何だ？」

箸《はし》で持ち上げようとしている。

押し豆腐《どうふ》だった。水気を切った豆腐を醬油《しょうゆ》と酒で煮しめただけのものである。ただし、直ぐにはそれと分からぬように、白身魚の練《ね》りもので蒸し固めてあった。

「豆腐を見たことねえのかい」

「いや、豆腐は知っているが、このように手の込んだものは初めてだ」

軍兵衛が作り方を話した。

「詳しいな」

「ちと味が濃いかも知れねえが、美味《うま》いものですぞ」

脇坂が口中に放り込んだ。頷いてから、酒に手を伸ばした。

「いつも、何を食っているんです。料理茶屋で？」

「魚とか貝とか、卵かな。豆腐は殿も若もお嫌いなので、縁がなかった」

「葱鮪《ねぎま》は？」

「鮪《しび》は食わぬ」

脇坂は、口許をきつく結ぶと、

「証《あかし》はあるのか」と訊いた。「源次郎様が射たという証が」

「お前さんの罠《わな》に掛かった若いのが、弩《ど》を構え、射る源次郎を見ているし、矢も手に入れてくれた」

「特別な矢ではなかろう？」

「鏃《やじり》、矢柄《やがら》、矢羽《やばね》。そっくり同じものだった、と言ったら」

「同じ矢など、どこにでもあろう」

「その言い訳を信じない人もいるでしょうな」

「それよりも、お主は間違《まちご》うてはおらぬか。お主は町方《まちかた》の者、支配違いで我らには手出し出来ぬ筈であろう」

「問題はそこなんですよ。奉行所の中にも、御目付《おめつけ》に任せろと言う者もおります。だが、鼻薬《はなぐすり》を嗅《か》がされたら御目付がどこまでやってくれるか、分からない。それでは魚売りの女房に、何とこの件の始末を伝えたらいいのか、こっちは途方に暮れちまう」

「どうしたいのだ？」

「俺たちは町方だ。町屋の者を使って評定所《ひょうじょうしょ》を動かすことも考えた。矢を射て面白《おもしろ》半分に魚売りを殺したのは、村越様の次男・源次郎だと、連日連夜評定所が無視出来ないくらい騒ぎ立てようか、とな」

「そのようなことで評定所が動くと思うてか」

「動かなくてもよいのだ。村越の名が地に堕《お》ちればな」

「何……」

脇坂の手が杯を離れ、宙を漂《ただよ》い、降り行く先を探っている。

「そこで考えた。源次郎もまだ若い。先のある身だ。行ないを悔いてくれさえすれば、金で済まそうじゃねえか。それで金輪際後腐《こんりんざいあとくさ》れなしってのは、どうだ？」

「旦那」千吉が驚いて、軍兵衛ににじり寄った。「金輪際って、話が違うじゃねえですかい」

うるせえ、黙ってろ。軍兵衛は、千吉を制して、続けた。

「遺《のこ》された魚売りの女房と子供、それに矢を射られた下っ引に見舞い金を出してくれさえすれば、町屋の者は動かさねえ、これ以上の調べはしねえ。悪い話じゃねえだろう」

「気に入らねえな」千吉が胡座《あぐら》を掻いて、横を向いた。「旦那を見損《みそこ》なったね」

「嘘《うそ》はないな」

脇坂が訊いた。

「こっちも、御縄に出来ねえことに、長くかかわっていたくねえんだ」

「柳条流を知っておるか」

「お前さんの流派かい？」

「いつでもどこでも太刀を振い、襲えるのだが、見たいか」

「見たかねえな。見た時は死ぬ時だろうからな」

軍兵衛が間合を取った。

「それを分かっていての申し出ならば、受けよう」

脇坂は、手を叩き女将を呼びながら言った。

「金子《きんす》は、如何程《いかほど》用意すればよいのだ？」

《菊ノ屋》を見渡す闇《やみ》の中で、黒い影が苛立《いらだ》っていた。村越左近将監の次男・源次郎だった。

「まだ出て来ぬのか。様子を見て来い」

中間《ちゆうげん》の参左が身を潜《ひそ》めて走り去った。

（ようも差し出がましく……）

源次郎は草を毟《むし》り取った。

怒りの矛先《ほこさき》は、脇坂久蔵に向けられていた。

――何ゆえ勝手をなされます。拙者《せつしや》にお任せになり、お動きにならぬようお願いしたではございませぬか。

隣屋敷の松に登った、町方の手の者を捕えようとした時のことだ。弩で射た矢は、過《あやま》たず八丁堀の手の者の肩を射貫いたではないか。取り逃がしたは脇坂の所為《せい》なのに、生意気にも意見しおって。

――源次郎様は、いずれはどこか大家を継がれる御方。目をお覚まし下さい。何を吐《ぬ》かすか。目を覚ますのは脇坂、其の方だ。三十俵二人扶持《ぶち》の木っ端《こぱ》役人など、殺してしまえば簡単なことではないか。

同心の素性は、火盗改方の組屋敷に駆け付けたところを参左に尾けさせたので、分かっていた。後は機をとらえ、小煩《こうるさ》い同心を射殺すだけである。源次郎は参左に奉行所の出入りを見張らせていたのだった。

今日のことだ。

慌てて奉行所に飛び込んで来た下っ引らしい者が、同心を連れ出した。着いた先は、《菊ノ屋》だった。

「そこはな、脇坂が新しく見付けた料理茶屋だ」

参左の話を聞いた源次郎の癇癪玉《かんしやくだま》に火が点《つ》いた。

「儂《わし》の周りをちょろちょろしおって、我慢がならぬ。引導を渡してくれるわ」

弩に矢を番《つが》え、闇に潜んだのだった。

「出て来ました」

参左が、駆け戻って来た。

「よし」

源次郎が弩を構えた。参左は、もう一張りの弩の弦《つる》を引いた。麻を縒《よ》った紐《ひも》を蠟《ろう》で固めたものである。固い。指に弦が食い込んだ。引いた。金具に掛け、矢を番えた。源次郎が射終えたら、即座に弩を交換するためである。

《菊ノ屋》の前に人影が見えた。何か言い合っている。

源次郎は、中央の者に狙《ねら》いを定めた。

「旦那、いいんですかい」千吉が、軍兵衛に食って掛かった。「女房に二百両、佐平に五十両。それで済ますんですかい。金で済ます気は毛頭ねえって、そう言ってたじゃねえですか」

「馬鹿野郎、俺を誰だと思ってるんだ」

軍兵衛が怒鳴《どな》り返した。

「だって、旦那は……」

どこかで、何かが放たれる気配がした。それは速度を上げ、ぐんぐんと迫っている。伏せろ。叫ぶ間はなかった。

軍兵衛は、千吉の両肩を思い切り突き飛ばした。千吉の身体が宙に浮き、背から倒れた。

「何をなさいやす」

叫んだ千吉の頭上を、風の塊が吹き過ぎた。

風は木の幹にぶつかり、矢の形を露《あらわ》にした。

千吉が声にならない声を上げ、転がって藪《やぶ》に隠れた。軍兵衛も、反対側の藪の下陰に飛び込んでいる。軍兵衛が、小さく吠《ほ》えた。

「俺がこんな奴を金で許す筈がねえだろうが、間抜《まぬ》け」

「じゃさっきのは？」

「母子のために金はいただく。そのためよ」

「そうでなくちゃ旦那じゃねえや」

胸のつかえが下りたのか、千吉が矢の飛び来た方向を睨《にら》み付けた。

「誰です？　まさか」

「源次郎に決まってる。取っ捕まえるぜ」

立ち上がろうとした軍兵衛の脇を、矢が飛び抜けて行った。躱《かわ》したというよりも、狙いが外れたのだった。

「危ねえ、危ねえ。弩は矢を番えるのに、手間が掛かるんじゃねえのか」

「回り込みやしょう」

千吉が、藪の奥へと走った。その時、遠くで足音がした。東へと駆けている。

「逃げやがったぞ」

千吉を呼んだ。

「戻って、俺に続け」

　軍兵衛は、藪を抜けると逃げる足音とは逆に、西に向かった。

　西には南に延びる左門殿《さもんどの》横町があった。横町を突っ切れば、村越屋敷のある小路《こうじ》まで半分来たことになる。左門殿横町に走り込んだ。

「先回り出来るかも知れねえぞ。走れ」

　左門殿横町には木戸があるため、面が割れるのを避けたい源次郎は、迂回《うかい》するだろう。東に逃げたのは、木戸のない、一本東の忍原《おしはら》横町の通りを南に駆け抜けようとしているのに違いない。だが、忍原横町は随分と遠回りになる。

　走った。ひたすら走った。木戸の出口に辿り着いた。

「この外を走って行く足音なんざ、まだ聞いちゃいねえよな？」

　木戸番に訊いた。

「少し前に通りましたが」

「何だと……」

　軍兵衛と千吉と留松、新六が一列になって駆けた。一町《ちょう》（約百九メートル）程先を、何か袋物を背にしたふたりの男が走っていた。ひとりは若侍《わかざむらい》で、もうひとりは中間だった。

「あれが弩でやすか」

千吉が荒い息継ぎをしながら言った。

軍兵衛に答える余裕はなかった。

息が上がった。足も出ない。年だった。

源次郎と中間が、若さに物を言わせて距離を稼《かせ》いでいた。

三

翌朝、神田橋御門外にある三河町二丁目の自身番《じしんばん》に、射殺された与助の女房・お糸が呼び出された。

「連れて参りました」

大家に伴《ともな》われたお糸が、怖々《こわごわ》と自身番に入って来た。

「朝っぱらから済まねえな。まっ、上がってくれ」

軍兵衛は、お糸を三畳の間に上げると、新六に茶を淹《い》れるように言い、自身番に詰めていた者には、外に出ているよう命じた。

大家と店番らが、そそくさと表に出て行った。ひとり残されたお糸が心細げに見送っている。

「熱いから気を付けてな」

新六がお糸の前に茶を置いた。今朝は、猫間のお時の二回目の《白虫》の日なので、千吉と留松は駆り出されてしまっていた。

「今日、来て貰ったのは外《ほか》でもねえ。御亭主の件だ」

早速、軍兵衛が切り出した。

「分かったのですか、誰が弓を射たのか」

「分かった」

「誰でございます？　やはり……」

「やはり、何だ？」

「御武家様ですか」

「それで困っているんだ」

「……………」

「正直に話しちまうとな、西丸留守居《にしのまるるすい》をしている村越様の次男・源次郎が射たんだ。当人が認めた訳ではねえが、遠くまで飛ぶ特別拵《ごしら》えの弓を持ち、御亭主を射たのと同じ矢を使うなど、射たのはこの源次郎に間違いねえ」

「捕えて下さい。お願い申し上げます」

「町方には、それが出来ねえんだ。俺らに出来ることは、証を付けて御目付に回すことまでなんだ」

「ならば、直ぐに回して下さい」

「回す。それは約束する。しかし、その前に、ちとお前さんに頼みがあるんだ。どうだ、村越の家を甚振《いたぶ》ってやらねえか」

「何をするのですか」

「お前さんが向こう十年、何もしなくても食えるように、金をふんだくってやるのよ」

「そんな、大それたことを」

「俺が付いているんだ、心配すんな」

「大丈夫なのですか、そのようなことをして」

「こうでもしねえと、お前さんは御亭主の取られ損で終わっちまうじゃねえか。苦労ばかり背負わされてよ」

お糸が袂《たもと》の裾を、目頭に当てた。

「幾らにしようかと迷ったんだが、お前さんは赤子を育て上げなくてはならねえんだ。年二十両で十年分。二百両にしてみた。どうだ、少なかったか」

「とんでもございません」

お糸は髷《まげ》が崩れる程頭を左右に振った。

「でも、十両盗《と》れば首が飛ぶと言うではありませんか。本当に大丈夫でしょうか」

「任せておけ。お前さんに、二度と涙は流させねえ」

「はい」

お糸の涙に釣られ、新六が水っ洟《ぱな》を滴《したた》らせた。


創建一千年を超す江戸の総鎮守、神田明神《かんだみようじん》神社の境内《けいだい》は、静まり返っていた。

軍兵衛の雪駄《せった》が、湿った地面に吸い付き、剝《は》がれた。

軍兵衛から数歩遅れ、お糸が新六に守られて付いて来る。

社の裏から、懐手をした脇坂久蔵が、ゆるりと姿を現わした。

脇坂は三間《けん》（約五・四メートル）の間合を空けて立ち止まると、懐から手を出した。

機先を制するように、軍兵衛が口を開いた。

「今日は、いねえだろうな」

「何の話だ？」

「お前さんとこの次男坊だ。昨夜丁重な御挨拶《あいさつ》を受けた」

《菊ノ屋》の外で起こったことを、話した。

「知らなかった。済まぬ」

「矢は引っこ抜いて、預かっておいたからな」

「二度とさせぬ」脇坂が、頭を少しく下げた。「その件は、身共《みども》に任せてくれぬか」

「分かった。で、持って来たか」

「ここに」

脇坂が懐に手を当てた。

「渡す前に念書を書いて貰いたいのだが、よいかな」

「何て書くんだ」軍兵衛が、右に左にうろつきながら訊いた。「村越家次男・源次郎が面白半分に矢を射たところ、魚売りの与助に刺さってしまった。よってここに詫びとして金子二百両を渡すゆえ、一切口外せぬこととか書いて、双方が持つのかい。後日の証のために？」

「いらぬ、忘れてくれ。このことも、矢のことも」

「お糸さん、よいな？」

「はい」

お糸が進み出ると、脇坂が紫の袱紗《ふくさ》に包んだ切り餅《もち》八個を手渡した。

重みで、お糸の手が下がった。

「新六」

「へい」

新六が手拭《てぬぐい》を膝の上で開き、袱紗ごと包み直して、お糸に持たせた。お糸は、着物の片袖《かたそで》に手拭の包みを入れ、両腕で袖を抱え込んだ。

「それと、矢を受けた下っ引の見舞い金もな」

新六が切り餅をふたつ受け取った。

「新六」軍兵衛が訊いた。「何を受け取ったか、忘れたな」

「もうすっかり忘れやした」

脇坂は、お糸と新六を見、軍兵衛に目を移すと、これで、と言った。

「以後、関《かか》わりはなしだぞ。よいな」

「ところが、そうもいかねえんだ」

軍兵衛が髷《まげ》の辺りを掻いた。

「何？」

脇坂が目を剝《む》いた。

「あの約束の後で、俺は命を狙われたと言っただろうが。となれば、あの約束は、当然反故《ほご》だぜ」

「貴様」

脇坂の手が、柄《つか》に伸びた。

「待ちな」軍兵衛が止めた。「人が来るぜ」

何か商いの願いごとがあるのだろう。主らしい者を先頭に、番頭、手代が石段を登って来た。

「こんなところで、よしな、よしな。お江戸の鬼門封じに移し替えられた明神様の境内で、西丸御留守居役の御用人様が段平《だんびら》振ったとあっては、御殿様も言い訳に苦しむぜ」

「貴様は、太い奴だ。もし御家に何かあった時は、いの一番に貴様を刀の錆《さび》にしてくれるから、そう思っておれ」

「悪いが、俺は負ける勝負はしねえんだ」

「…………」

脇坂は何も言わずに軍兵衛を見据えると、町屋の者らと擦れ違うことを嫌ったのか、社の裏から明神社を降りて行った。

「あんなに怒らせて、よいのですか」

お糸が訊いた。

「構わねえ。恨《うら》みを買うのも御役目の内だ」

第七章　夜泣きの惣五郎《そうごろう》

一

《白虫《しらむし》》の第二回目が始まった。

第一回目で疑いを残していた者の殆《ほとん》どは、近隣の聞き込みなどで身性《みじょう》が明らかとなったが、日陰町通りの茶店に現われた、焦結《じれつたむす》びの女の調べだけが難航していた。しかしそれも、金杉橋近くの土手跡町から、わざわざ病弱な伯母《おば》を見舞いに来ていたことが分かり、第一日目の収穫は無となった。

「今日の《白虫》で、夜泣きの惣五郎一味に繋《つな》がるものを必ず見付け出してくれい」

島村恭介の言葉に鼓舞《こぶ》され、六ツ半（午前七時）に五つの組が奉行所を後にした。

お時が煙草《タバコ》・煙管《キセル》問屋《国府屋》の表に出て来たのは、第一回目の時と同様、五ツ半（午前九時）だった。手代に見送られ、お店《たな》を後にしたお時の腰に、竹筒が揺れていた。

風呂敷を手にして真福寺橋を渡り、第一回目とほぼ同じような道順で煙管師を訪ね歩き、仕上がった煙管を受け取っていた。

山城河岸では、茶と白の斑《ぶち》の猫に餌《えさ》を与え、喜左衛門町と加賀町の境近くに住む煙管師・半兵衛の借店には、病人を見舞いに立ち寄っている。

これがお時の本当の姿なのか、それとも数年間寝食をともにしている朋輩《ほうばい》が惨《むご》く殺されると分かっていながら奉公先の鍵《かぎ》を外し、一味を引き入れるお時が、本当のお時なのか。神田八軒町の銀次は、いつでも前の組の助《す》けに回れるよう待機しながら考えていた。

お時は裏店を出ると、一昨日と同じく土橋と中ノ橋の中程にある寄合町の竹屋に寄ってから、汐留川を越えた。

（替わりやしょう）

第一組の組頭に目で知らせ、尾行についたのは、銀次らだった。千吉が率《ひき》いるはずだった第二組だが、己が組を預かることで、義吉を動き易くさせてやりたいのだろう、と察した千吉が、銀次の求めに応じて譲ったのだった。

お時は芝口西側町の堀端の切石《きりいし》に座り、竹筒の水で咽喉《のど》を潤《うるお》していた。口許《くちもと》をゆっくりと拭《ぬぐ》うと、風呂敷を背に回し、腰を上げた。

銀次は《微塵縞《みじんじま》》に尾《つ》けるよう指示して、その場に留《とど》まった。お時に違和感を覚えたのだ。

(何だ？)

芝口二丁目方向に向かうお時を見た。背に風呂敷を負い、海からの潮風に後《おく》れ毛をなびかせている。背を見た。腰を見た。足許を見、眼差《まなざ》しを腰に戻した。

竹筒がなかった。腰から下げていた、竹筒が消えていた。

お時が休んでいた切石に目を遣《や》った。男が、ゆったりとした足取りで近付いて行く。

義吉を探した。お時に気付かれぬよう間を空けているため、堀端に姿を見せたところだった。

(来い)

所作《しょさ》には出さず、目で呼んだ。

（どういたしやした？）

「切石の男を見てみろ」

男は切石に座ると、然《さ》りげ無く手を下に伸ばし、竹筒を拾《ひろ》い上げた。

あっ、と義吉が口の中で呟《つぶや》いた。

「見覚えがあるのか」

「確か、駒越《こまごえ》の常七《つねしち》。片貝の儀十の手下でやす」

「分かった。忠太を連れて尾けてくれ。俺も直《す》ぐに追い掛ける」

「承知しやした」

義吉が銀次から離れ、忠太に歩み寄った。常七は暫《しばら》くの間潮風に吹かれていたが、汐留橋を東に渡ると、木挽町の町並みを北へと歩き始めた。義吉と忠太が汐留橋の向こうに消えた。

銀次は、助けのために待機していた《半纏《はんてん》》に後を託し、ふたりを追った。

常七の後を義吉が、更《さら》に二十間《けん》（約三十六メートル）程《ほど》離れて忠太が尾けていた。御蔭《おかげ》で銀次は探し回ることなく、忠太に追い付くことが出来た。

「竹筒は？」

「懐《ふところ》に入れたままです」

「お前は適当に間合を詰めたり空けたりして付いて来い。同じ足取りで歩くんじゃねえぞ。気取《けど》られるからな」

「親分は？」

「義吉と替わるのよ。ばれたら、元も子もねえだろうが」

銀次の足並みが速まった。それと気付いた義吉が、歩みを遅くした。銀次は左手の三十間堀に目を遣りながら、義吉は右手の町屋を眺めながら、入れ替わった。

常七の足が鈍《にぶ》り、屋台の豆腐田楽《とうふでんがく》売りの前で止まった。注文と同時に袂《たもと》に手を入れ、小銭を数えている。一串二文《もん》。二串分の四文を台に置いた。

豆腐に塗《ぬ》った赤味噌《みそ》が焦《こ》げ始めた。常七が責付《せっ》ついている。

屋台の親父《おやじ》が、大皿に焼けた田楽を並べた。

常七が串を手に、ふうふうと息を吹き掛けながら、大口を開けた。

味噌を着物に垂らさないように腰を引き、顎《あご》を突き出して食べながら、常七の目が動いた。背後の道筋を探ったのだ。

銀次は、先を急いでいる振りをして通り過ぎた。

義吉も、横町にひょいと曲がって、身を隠した。

取り残された忠太が、常七の背後に付いた。

義吉が横町から戻り、行き過ぎた筈《はず》の銀次が店舗の陰から最後尾に付いた。

常七は尚《なお》もずんずんと歩いて行く。

(野郎、どこまで行きやがるんだ)

忠太が苛立《いらだ》ち始めた時、常七が突然振り返り、逆に歩き出した。もう少しで肩先がぶつかりそうになった。常七が、忠太に悪態を吐《つ》いた。忠太は、目を合わせないようにして、そのまま通り過ぎた。

常七は木挽橋《こびきばし》まで戻ると、西に渡り、三十間堀を北に向かった。

銀次の掌《てのひら》に汗が滲《にじ》んだ。

行く。奴《やつ》は、隠れ家に行く。

手応《てごた》えは確信に変わった。

三原橋を渡って、忠太が最後尾に加わった。

(出過ぎるな)

銀次は、忠太を抑えに据え、義吉と道の左右に散って、尾けた。

常七の足が三十間堀三丁目の煮売り酒屋の前で止まった。縄暖簾《なわのれん》を指先で分けると、来た道を横目で見てから戸の隙間《すきま》に身体を滑り込ませた。

引違いの腰高障子《こしだかしょうじ》に《さけ　めし　小助《こすけ》》と書かれていた。

素早く銀次が《小助》のぐるりを回った。裏から逃げられては、十手《じって》仲間に顔向けが出来ない。

「出入り口は表と裏の二か所。とりあえず、義吉とふたりで見張っているから、忠太、手前《てめえ》は奉行所に走って小宮山の旦那《だんな》にお知らせするんだ」

「任せておくんなせえ」

忠太が駆け出した。

何が起こるか分からない。姿が見えなくなる前に必ず一度は振り返れ、と教えていたのだが、舞い上がってしまっているのか、振り向こうとする気配もない。

（まだ、御用務めが染《し》みちゃいねえな）

銀次は義吉を裏に回し、己は表を見渡す柳《やなぎ》の古木の陰に身を潜《ひそ》めた。

四半刻《しはんとき》が経《た》った。《小助》の戸は、ぴたりと閉じられたままである。

夜泣きの一味ともあろう者が、仲間と連絡《から》んだ後、酒を飲むとは考えられなかった。

（ここが、奴らの隠れ家だ）

高鳴る胸を静め、銀次は辺《あた》りを見回した。元は《小助》のような煮売り酒屋だったのだろうか、並びに仕舞屋《しもたや》があった。

二階は、格好の見張り所になった。《小助》の向きに障子戸があれば、恐らく表と裏を同時に見張ることが出来るだろう。

（そうとなれば、今夜から詰めだな……）

更に、四半刻が経った。

背が、ふいに温《ぬる》んだ。誰かが、川風を遮《さえぎ》ったのだ。

「動きは？」

小宮山仙十郎の声だった。小銀杏髷《こいちょうまげ》を菅笠《すげがさ》で隠し、地味な棒縞《ぼうじま》の着流しに身を包み、そっと《小助》の様子を窺《うかが》っている。

「これと言って、何も」

「手柄だったたな。皆、大騒ぎだったぜ」

島村恭介が膝《ひざ》を叩《たた》いて喜んだ、と仙十郎が伝えた。

「ありがとうございやす。でも、まだ捕えた訳ではございやせんので」

「お前らしい物言いだな」

「とんでもございやせん」

仙十郎は、銀次の肩を叩くと、仕舞屋を見詰めた。

「見張り所だが、あそこか」

「へい、あの二階ならば、出入りを見逃しやせん」

「裏口はあるのか」

「ございやす」

「そっちは？」

「今、義吉が見張っておりやすが、二階から表も裏も見張れるような気がしているのですが」

「何から何まで、ありがとよ」

「とんでもねえ」

「では、見張り所を作る前に、下調べをして来るか」

土地《ところ》の自身番《じしんばん》に行き、書役《かきやく》から仕舞屋の持ち主などを訊き出し、交渉するかしないか決めなければならなかった。仕舞屋の持ち主が《小助》と通じていたら、すべてが露見してしまう。

「あっしにお任せ下さい。旦那が動くと目立ち過ぎやす」

「頼もうか」

「その代わりと申しては何ですが」

「見張っていよう。助けもそのうちに来るだろうしな」

「では、行って参りやす」

歩き出そうとして、銀次が言った。

「後程で結構でございやす。義吉を褒《ほ》めてやっておくんなさい。ここまで来られたのも、奴の頑張りがあったからでございやすので」

「承知した」

銀次は腰を屈《かが》めると、道の端を犬のように走り去った。

二

火附盗賊改《ひつけとうぞくあらためかた》方の役宅は、虎之御《とらの》門外にあった。

そこは、浜御殿を吹き過ぎて来た風が、葵坂《あおいざか》から溜池《ためいけ》へと抜ける道筋でもあった。

長官の名は、松田善左衛門勝重《かつしげ》。家禄《かろく》は、一千二百石。屋敷が金比羅《こんぴら》神社に隣接しているところから、金比羅の御殿様と呼ばれていた。火盗改《かとうあらためかた》方の長官職に就くのは、祖父に次いでのことだった。

火盗改方は、長官に就任した者の屋敷が役宅になった。その点が、町奉行とは違った。町奉行は、奉行職に就いた者が奉行所に隣接した屋敷、つまり役屋敷に住むのだが、火盗改方は就いた長官の屋敷が役宅になるので、新たな長官が生まれる度に役宅の場所が移るのである。

細長い風呂敷包みを手にした鷲津軍兵衛が、虎之御門外の火盗改方の門を潜《くぐ》ったのは、七ツ（午後四時）を回《つ》った刻限だった。

同心《どうしん》・土屋藤治郎に来意を告げると、表書院で待たされた。遠景に山を配した岩礁と松林が描かれた襖絵《ふすまえ》があった。よく見ると、捩曲《ねじま》がった松の根元から釣り人が糸をたれている。長閑《のどか》な風景だった。襖絵を見飽きた頃、藤治郎が迎えに現われ、奥まった一室に通された。

床《とこ》の間を背に、火盗改方長官・松田善左衛門が座っていた。

酒の用意がされている。

「付き合え。飲めぬ方ではあるまい」

答えに迷い、藤治郎を見た。ゆったりと笑みを浮かべている。

「火盗改方と八丁堀は、腹を割って話す機会を持たねばならぬと思うておったのだ。何かと角《つの》突き合わせてばかりもおられぬでの」

「その通りだと存じます」

「堅いな」と善左衛門が言った。「膝を崩せ」

「はっ」

しかし、膝を崩すと下帯が露《あらわ》になってしまう。八丁堀同心の着物は、身幅が女幅で狭くなっていた。裾《すそ》を割り、走り易《やす》くするためである。

「飲め、飲め。生臭い話は酒で清めながらいたそう」

善左衛門が手酌で杯を満たしながら言った。

「話は、土屋から聞いている……」

軍兵衛は、善左衛門が話し出すのを待った。

「儂《わし》に何をしてほしいのだ？」

「ふたつ、ございます」

「聞こう」

「源次郎の悪事の証《あかし》をお渡しいたしますので、捕まえて御目付《おめつけ》へ引き渡していただくか、御目付への届け出をお願いいたしたいのです」

「捕まえることは出来ずとも、御目付に届け出ることは、出来るであろう。何ゆえ己でやらぬ。己が調べたことであろう、手下に怪我《けが》までさせて」

「そうするには、奉行所を通さねばなりませぬ。御奉行の決裁が不可欠となります。しかし、恥を申し上げますが、御奉行は信ずるに足りませぬ」

「握《にぎ》り潰《つぶ》すかも知れぬ、と言いたいのだな？」

「町屋の者を哀《あわ》れと思う心など、今の御奉行にはございませぬゆえ」

「儂に目を付けた訳は？」

「殿様が町屋の者の心を我が心となさる御方と聞き及び、殿様ならば御目付に確実に伝えて下さると思うたからです」

「大層《たいそう》持ち上げてくれたが、儂が握り潰したら何とする？」

「その時でございますが、黙って握り潰されますか」

「どういう意味だ？」

「握り潰す前に」と言って、軍兵衛は言葉を継いだ。「村越家を脅《おど》されませぬか」

「これ、何を」

藤治郎が、畳を拳《こぶし》で叩いた。

善左衛門は、杯を膳《ぜん》にそっと置くと、ぐいと軍兵衛を睨《にら》み上げた。

「其《そ》の方、儂を知らぬな。儂は悪い奴が大嫌《でえきら》いなのだ。誤魔化す、隠す、蓋《ふた》をする。そんな奴を許そうとは、これっぽっちも思っちゃいねえ」

「御無礼を申し上げ……」

「構《かま》わぬ」善左衛門が、顔の前で手を横に振った。「悪事は嫌いだが、悪い奴を脅すのは嫌いじゃねえ。確かに、黙って握り潰したりはしねえ」

「それを伺《うかが》い安堵《あんど》いたしました」

「妙な安堵のされ方もあるものよな」

善左衛門は、青菜を箸《はし》で摘《つま》むと、口中に放《ほう》り込み、

「幾ら、取った？」と、顎で軍兵衛を指した。「そのようなことを、土屋に言うたであろうが」

「魚売りの女房に二百両、矢を射《い》られた者に五十両。締めて二百五十両、頂戴《ちょうだい》いたしました」

「見事だ」善左衛門が手を叩いた。「儂なら、その何倍取れるかな？」

「取っていただきたいのです。更に、その上で……」

「その上で？」

「御目付に届け出ていただけたら、魚売りも浮かばれましょう」

「其の方は金を貰《もら》った。にもかかわらず、こうして火盗改方に話しているということは？」

「用人《ようにん》との約束を反故《ほご》にしている訳です。一応、その旨《むね》は伝えておきましたが」

そうかそうか、と善左衛門が、大笑いをした。

「気に入った。今までの経緯《いきさつ》を詳しく聞こうか」

「その前に、咽喉を潤します」

「潤せ。よい酒であろう？」

「このような上等の酒は初めてでございます」

「実はな、ある旗本《はたもと》がおってな。ちと悪さが過ぎたので、お灸《きゅう》を据えてやったのよ。その詫《わ》びの酒だ。火盗改方の役料では、こんな酒、とても飲めぬわ」

「左様だったのでございますか」

藤治郎は、初めて得心がいった、とでも言いたそうに、酒を見詰めている。

「こいつは堅くてな。どうして儂の同心にこのような堅物がおるのか、とんと分からぬ」

善左衛門は、溜《た》め息を吐いて見せると、潤ったであろう、と軍兵衛に言った。

「申せ」

「では」

軍兵衛は、風にのった矢が魚売りの与助の胸を射貫《いぬ》いたところから話を始めた。

「そして、強請《ゆす》って来た矢師を殺し、尚も其の方の命までをも狙《ねら》った。証は？」

「ございます」

御免。軍兵衛は、刀とともに背後に置いておいた風呂敷包みから矢を取り出した。三本あり、それぞれに紙縒《こよ》りが付いていた。

「これが、与助を射貫いた矢でございます」

一本目を、善左衛門に手渡した。

「次は、手先の者の右肩を射貫いた矢でございます」

「土屋が抜いたという矢だな？」

「左様にございます」

藤治郎が答えた。

「三本目は、料理茶屋《菊ノ屋》の表で狙われた時の矢でございます」

「同じものだな」

善左衛門が三本の矢を見比べている。

「他に証はあるのか」

用人・脇坂久蔵が振う柳条流《草刈》の太刀筋《たちすじ》と、矢師・中嶋金右衛門が受けた刀傷《きず》の太刀筋が酷似《こくじ》していること。金右衛門が斬《き》られた時刻、脇坂が間違いなく間近にいたという証を、料理茶屋の仲居から得ていること。矢を射られた手先の者が、己に向かって弩《ど》を射る源次郎の姿をはっきりと見ていること。つまり、村越屋敷には弩があるということなどを、軍兵衛は数え上げた。

「鷲津殿と言われたな。其の方は福の神かも知れぬな。これでまた当分美味《うま》い酒が飲めるぞ」

「殿、私には、どうも、その、何と言うか……」

藤治郎の鼻の頭が光った。汗を掻《か》いているらしい。

「どうした、何が言いたいのだ?」

善左衛門が、からかうように言った。

「気掛かりがふたつございます。申し上げても、よろしいでしょうか」

「其方《そなた》もふたつか。申すがよい」

「ひとつは、村越様がまた金子《きんす》を払うか、という問題です。魚売りや鷲津殿の手先には、払う訳がございました。しかし、火盗改方の口を塞《ふさ》ごうなどと思うでしょうか。無理と心得、御目付なり、どこへなりと言うがよいわ、と居直るとも考えられます。射殺したのは、棒手振《ぼてふり》ひとりです。ひどいお咎《とが》めは無いと考えても不思議ではございません」

「どうだ、堅いのがひとりいると便利であろう？　しっかりと水をさしてくれるからの」

「申し訳ございません」

「褒めているのだ。確かに、其の方の申すこと一理ある」

善左衛門は、杯を覗《のぞ》き込むようにして考えていたが、やがてゆるりと顔を上げると、藤治郎に尋ねた。

「魚売りは、どこで射殺されたと言うた？」

「四ツ谷御門外でございました」

「軍兵衛さんよ」と、善左衛門がゆとりのある笑みを見せた。「儂の名は善左衛門、《ぜん》は善人の《善》と書く。天は善人を見放さぬわ」

「何か妙案がございますか」

善左衛門は答えず、逆に藤治郎に訊《き》いた。

「もうひとつは、何だ？」

「鷲津殿ですが、このような裏切りと申しますか、動きを脇坂殿が納得されますか、いささか心配でなりませぬ」

「その脇坂 某《なにがし》は腕が立つと申しておったが、そんなに強いのか」

「あの者に勝てる者は少なかろうか、と」

「其の方、腕はどうなのだ？」

善左衛門が刀を持つ真似《まね》をして、軍兵衛を見た。

「並の上、いや上の下でしょうか。まあ、その辺りでしょう」

「心許無いの」

「案じていても始まりませぬ。何とかなりましょう」

軍兵衛が空元気《から》を出して見せた。

「ならぬのが剣の道でござる」

藤治郎が、冷めた物言いをした。

「立ち合う前から、負けることばかり考えていても仕方ないでしょう」

「それは、そうですが」藤治郎が、首を捻《ひね》った。「不思議だな、鷲津殿と話していると、とても負ける気と言うか、切羽《せっぱ》詰まっているような気がせぬ」

「では、勝てますか、あのおっかない御用人殿に？」

「やはり、気の迷いです。無理でしょう」

「少しでも稽古《けいこ》をしておくべきかな」

「当然です。私も殿をお守りするために習練いたすつもりでおります」

「どうだ」と言って善左衛門が、気持ちよさそうに杯を空けた。「身辺にひとりは堅いのがいると、心強いであろう？」

返事に窮《きゅう》している軍兵衛に、善左衛門が言い添えた。

「儂は剣の方は、からきし駄目だ。だがな、己より腕の立つ者、大きい者、家禄の多い者と戦う遣り方は知っている。一瞬だ。一瞬のうちにけりを付けるんだ。長引いたら負けよ」

三

鷲津軍兵衛が火盗改方の門を潜る、ほぼ半刻（一時間）前、煮売り酒屋《小助》の見張り所が設けられた。

最初に詰めたのは、定廻《じようまわ》り同心・小宮山仙十郎の手先である岡っ引の銀次と、手下の義吉と忠太の三人だった。

仙十郎は見張り所に上がった後、一旦《いつたん》奉行所に戻っていた。《白虫》の終了に立ち会わなければならないからだ。

見張り所にしたのは、仙十郎と銀次がここと決めた仕舞屋だった。仕舞屋には年老いた夫婦がいたが、《小助》との交渉はなかった。《小助》が、近隣との付き合いを避けていたのである。

《小助》は三年前に居抜きで買い取られ、名も変えずに商いが続けられていた。買い取ったのは安吉《やすきち》という五十絡《がら》みの長身の男で、息子の友吉《ともきち》とふたりで、他人を使わずに店を切り盛りしていた。

《小助》が夜泣き一味の隠れ家なのか、まだ確かな証はなかったが、もし隠れ家だとすると、《国府屋》に狙いを定めた一味は、三年前に《小助》という隠れ家を用意した後、万全の準備を整えて、二年前お時をお店に送り込んだことになる。恐ろしい程の、念の入れ方だった。

「人の出入りを見逃すなよ」

言った銀次の袖《そで》を義吉が掴《つか》んで、引いた。

「何でえ？」

「見ておくんなせえ、男が参《めえ》りやす」

通りには七、八名の男が行き交《か》っていた。

「どいつでえ？」

「手拭《てぬぐい》を頰被《ほおかぶ》りしている奴です……」

半纏に股引《ももひき》、着物を尻《しり》っ端折《ぱしょ》りにした、四十を過ぎた年頃の男が、《小助》の方へと歩いて来る。

「誰なんでえ？」

「奴が儀十、片貝の儀十です」

銀次が障子の枠に頰を押し付けた。

儀十は、四囲《しい》に鋭《するど》い視線を投げ掛けながら《小助》に入ると、後ろ手で引き戸を閉めた。

直ぐには動かずに、そのまま引き戸の内側に立ち、尾行の有無を確かめている。暫くすると、戸に挟まっていた半纏の裾が、見えなくなった。尾けられていないと判断し、奥へと足を向けたのだろう。

銀次の背筋に冷たいものが奔《はし》った。

「親分」

義吉の声が咽喉に絡んでいる。

「夜泣きの隠れ家だ、間違いねえ」

銀次は振り返り、階下にいた忠太を呼んだ。

「旦那にお知らせしろ。片貝の儀十が現われやした、とな」

飛び出そうとする忠太を呼び止めた。

「待て。身形《なり》を変えろ」

腹掛《はらがけ》と股引を脱がせ、着物を草臥《くたび》れたものに着替えさせ、

「きょろきょろするんじゃねえぞ」

そっと裏から送り出した。

《小助》が隠れ家と分かった以上、《小助》とお時が潜《もぐ》り込んでいる《国府屋》の見張りに遺漏《いろう》がなければ、夜泣き一味を掌の中で泳がせているのも同然と言えた。

「竹筒を使い、お時から常七に何か知らせがいった。それを確かめに儀十が現われた。とすると、この十日の間に大きく動くかも知れねえぜ」

「へい」

「これで逃げられたら、手札《てふだ》をお返ししなけりゃならねえぞ」

銀次と義吉が、障子窓に張り付いた。そこからは、《小助》の表と裏が見渡せた。

同じ頃、煙管師の家を回り終えたお時が、《国府屋》目指して三十間堀沿いの通りを歩いていた。

《国府屋》が、通りの先に見えた。

駒越の常七との連絡みも無事終わり、後は惣五郎からの知らせを待てばよかった。

ほっとする気持ちが、お時に生まれた。

(長かった……)

自《みずか》らに言った。

(ひっくるめりゃ三年だものね)

引き込みの務めのない時は、いつも儀十が近くにいた。だが、この三年の間は、儀十と一度も会っていない。

初めてのことではなかった。これまでに大きなお務めで二度、何年も会わなかったことがあった。

お務めに入ったら、情は捨てる。それが、夜泣きの惣五郎に叩き込まれた盗《ぬす》っ人《と》の心得だった。

お時は、三つの時に惣五郎に拾われた。捨てられていたのは、東海道・由比宿《ゆい》の宿外れだった。その時、儀十は十五歳。惣五郎の使いっ走りをしていたらしい。儀十も捨て子だと知ったのは、お時が七つの時だった。

――泣くこたァねえ。親を知らねえお前は、まだ幸せなんだ。俺は六つの時に捨てられたんで、忘れたくても親の顔を覚えちまってる。

幼心に、儀十に惹《ひ》かれたのは、その時が最初だった。

それから二十一年が経った。

（いろんなことがあった……）

思い出は、いつも血に染まっていた。血に染まっていても、儀十の笑みは心に届いた。

《国府屋》が、引き込みとしての最後のお務めだった。

これでもう、儀十と何年も会わないでいる暮らしはしなくて済む。

――けじめだ。所帯を持とう。

惣五郎の許しを得て、儀十と夫婦の約束をしたのは三年前、この務めに入る時だった。

――首尾《しゅび》よく終わったら、褒美《ほうび》だ。儀十に二年の暇をやる。どこぞでゆるりと暮らすがいいさ。

（もう少しで、最後のお務めが終わる……）

もう少しだよ。お時は背に担《かつ》いだ風呂敷を揺すり上げた。

女の姿がお時の目に入った。

《国府屋》を覗き込むようにして行き過ぎ、また戻っている。

お時は束《つか》の間《ま》、背筋に凍《こお》るものを覚えた。町方《まちかた》なのか、それとも町方の手の者なのか。もしそうならば、逃げなければならない。

様子を探った。分からない。町方の手の者だと言い切れないものが、女にはあった。

お時は、下を向き、大きく口を開け、顔の肉を動かした。得意な、あどけない表情になった。そのまま女に近付いた。

女は粗末な着物を着ていた。手も荒れており、足も汚れている。変装とは思えなかった。

声を掛けてみた。

「手前どもに、何か」

女は、お時の幼い顔立ちに安堵したのか、お店の方ですか、と訊いた。

「はい、左様でございますが」

「あの、煙管を、銀の立派なのを、ほしいのですが」

女が、巾着《きんちゃく》が入っているのだろう、胸許を押さえながら言った。

「売ってくれるでしょうか」

「勿論《もちろん》でございます。どうぞ、お入り下さい。よいお品がたくさんございますよ」

お時が女の背を押すようにして、お店に入った。

「見たか」

お時を尾けていた第五組の組頭が言った。

「見ました」

《三筋立《みすじだて》》を着流した留松が答えた。

「あれは、お糸だよな」

「見間違いではござんせん。与助の女房のお糸でございやした」

「何のために、お糸は《国府屋》に入《へえ》ったんだ？」

組頭が訊いた。小網町の千吉である。

「誰か、見に行かせやしょうか」

「いるか、面《つら》を見られていねえ奴が？」

「あいつなら？」

留松が、遅れ加減に付いて来る《お店者》を手招きした。

「へい？」

《お店者》が、首を伸ばした。

「見たな。お時が女と《国府屋》に入ったのを？」

「見ました」

「お前も入って、刻《きざ》みを買いながら、奴らが何を話しているか、聞いて来るんだ」

「承知しやした」

こうして話している間に出て来られては、女ふたりの繋がりが分からなくなってしまう。

「急いでくれ」

《お店者》が、内股《うちまた》になって駆け出した。

四半刻（三十分）が過ぎて《お店者》が、紙袋を手に《国府屋》から出て来た。

「申し訳ありやせん。刻みを買うだけでは、これで精一杯でした」

「分かった。で、お糸は、女は何をしていた?」

「煙管を選んでおりやした」

「お時は?」

「番頭と手代に品物を見せ、手代が帳面に記す手伝いをしておりやした」

「お時と女は、話し込んでいた訳じゃねえんだな?」

「それどころか、女は品を選ぶのに夢中でやした」

お糸の目の前に、飾り彫りを施《ほどこ》した銀の煙管が並べられている。

お気に召《め》したものは、ございましたでしょうか。番頭と手代が手揉《ても》みしながら訊く。その中から、ひとつを選び出さねばならなかった。迷った。迷いに迷い、どれが一番よい細工のものなのかを尋ねた。

値の張る品だった。そのような高価なものを買ったことなど、お糸には一度もなかった。

「これを、いただきます」

声を絞り出した。

番頭と手代が、項《うなじ》が覗く程頭を下げた。

懐に手を入れ、巾着を引き出した。重さと厚みで、手が震えた。

その途中までを、《お店者》は刻みの試し喫《の》みをしながら見ていたのだった。

「夜泣きと繋がりはねえようだが、危なっかしくていけねえ。尾けさせてみるか」

「新六は、どうでしょう？」

「いいだろう」

お糸が暖簾の陰から姿を現わした。上気した頬を、両手で包んでいる。胸許から袋の先が覗いた。銀の煙管が入っているのだろう。

（行け）

と千吉が、新六に目で言った。


六ツ半（午後七時）を回った頃、稲荷鮨《いなりずし》の包みを手に下げた鷲津軍兵衛が、《国府屋》の見張り所の階段を上がって来た。

見張り所は、四十代の夫婦が営《いとな》む小体《こてい》な蕎麦《そば》屋《信濃屋《しなのや》》の二階に設けられていた。

《信濃屋》は、《国府屋》と小路《こうじ》を挟んだ向かいにあった。軍兵衛が来たのは初めてだったが、お時が《国府屋》に奉公していると分かった翌日から見張りが付いていた。

「どうだ？　変わりは」

包みを千吉に手渡しながら訊いた。千吉が頭を下げてから、お糸が《国府屋》に来たことを告げた。

「驚きやした。持ち慣れない金を持ったせいか、どうやら舞い上がっているようでして」

「その煙管は、誰が使うんだ？」

「誰って、手前《てめえ》が喫むんじゃねえので？」

「見たのか、喫んでいる姿を？」

「いいえ」

千吉の表情が曇った。思い込みで納得してしまっていた。

「尾けさせたのか」

「新六を」

「ならば、戻ってくれれば分かるだろうよ」

留松が茶を淹《い》れて来た。

「おっ、ありがとよ」

留松は、臨時廻り同心の加曾利孫四郎にも茶を差し出した。加曾利は片手拝みをすると、軍兵衛に、済んだのか、と訊いた。

「魚売りの一件だ」

「済んだ」

「旗本らしいと小耳に挟んだが、御奉行はどうなされた？」

「誰が射殺したか不明ゆえ探索を打ち切った、と島村様が言われたら、ひどく喜ばれたらしい。島村様が、そのように仰《おっ》しゃっていた」

「困った御方だな」加曾利が、湯飲みで軍兵衛を指した。「それで、軍兵衛は打ち切ったのか」

「我らは御奉行の御指図《おさしず》で動く者、当たり前ではないか」

「いつ頃、軍兵衛が何をやったか分かるのだ？」

軍兵衛の答えを無視して、加曾利が訊いた。

「二月《ふたつき》か三月《みつき》、遅くとも半年のうちには、何かが起こるだろう」

「楽しみにしているぜ」

「俺もだ」

軍兵衛の物言いを、加曾利は聞き逃さなかった。

「種は植えたが、何色の花が咲くかは知らぬらしいな」

「嫌な奴だ。隙《すき》のない奴は嫌われるぞ」

程無くして、新六がお糸の尾行から戻って来た。

「どこまで行った？」

具足町の煮売り酒屋だった。

「煙管はどうなった？　懐《ふところ》から出さず仕舞いか」千吉が新六に訊いた。

「ところがどっこい。驚きやした。裏で板前に渡してたんでやすよ」

「あの野郎にか」千吉の声が尖《とが》った。

「へい……」

「御苦労。そんなところだろうぜ」

軍兵衛は、休んで腹に入れろ、と稲荷鮨があることを教えた。

新六の目が輝いた。


翌日の五ツ半（午前九時）、軍兵衛は四ツ谷御門を通り、寺町に入った。向かう先は、腰物方《こしものかた》・妹尾周次郎の屋敷だった。妹尾屋敷は、龍谷寺通りに折れる手前にあった。

幼い時から、よく出入りした長屋門を潜った。

「御免」

周次郎は、非番で屋敷にいた。

「どうした？　また源三に用か。生憎《あいにく》、使いに出しておるぞ」

周次郎が屈託《くったく》のない声で言った。

「今日は、お主に用なのだ」

「何だ？」

「お主、江戸の剣客《けんかく》について詳しいか」

「まあ、詳しい方だろうな」

腰物方は、ひとつに将軍家の佩刀《はいとう》の斬れ味を確かめることを務めとしているので、剣客との交流があった。

「脇坂久蔵という名に覚えはないか」

「脇坂……」

周次郎が、凝《じ》っと軍兵衛を見詰めながら、口の中で呟いた。

「旗本・村越左近将監の用人を務めている」

「思い出した。確か、なかなかの遣い手の筈だが」

「立ち合うことになるやも知れぬのだ」

「どうして？」

「元は村越家が悪いのだが、その件で、こちらも、ちと悪さをしてしまったのだ」

「逃げられぬのだな？」

「まず無理だろうな」

「相手の腕は、知っているのか」

「其奴《そやつ》の斬り口を見たが、腕は立つ。俺の敵《かな》う相手ではない。実際、そうも言われた」

「誰に？」

「火盗改方の同心でな、土屋藤治郎という。其奴も可成《かなり》遣うようだ」

「知らぬな」

「脇坂久蔵の流儀は柳条流というのだが、見たことは？」

「ない。滅多《めった》におらぬでな、柳条流は」

だが、と言って周次郎は、拳を縦《たて》に並べて柄《つか》を握り締めている形を取ると、左腕を上げながら、すっと右腕を脇に寄せて引き、切《き》っ先《さき》を下げた。

「脇構えから太刀を撓《しな》らせて斬り上げる《草刈《くさかり》》という太刀筋は、躱《かわ》すのは至難であると聞いている」

「流石《さすが》、周次郎だな。それだけ知っていれば、十分だ」

軍兵衛は、冗談のように拝んで見せた。

「済まぬが、稽古を付けてくれぬか。むざむざと斬られる訳には行かぬでな」

「俄《にわか》稽古で役立つかどうかは分からぬが、庭でよいか」

「勿論」

「濯《すす》ぎを用意させるから、足袋《たび》を脱いで、庭に下りていてくれ」

周次郎は座敷を出ると、家人《けにん》を呼びながら水だ桶《おけ》だと命じている。

素足で土を踏む感触が懐《なつ》かしかった。ここ何年と、裸足《はだし》で稽古を積んだことなどなかったことが、今更のように思い返された。

「稽古はしているのか」

振り向くと、木刀を手にした周次郎が立っていた。《やっとう》の《や》の字も知らない破落戸《ごろつき》を叩きのめすのに、稽古は必要なかった。易きに付いていた己が透《す》けて見えた。

素振《すぶ》りをくれ、構えた。

突然正面から、容赦《ようしゃ》のない、雷《いかずち》のような一撃が振り下ろされた。軍兵衛の木刀を握る手が痺《しび》れた。受け損《そこ》なえば、死んだだろう。稽古気分が吹き飛んだ。足指で地面を噛《か》み、身構え、返しの一撃を叩き込んだ。難無く避けられたが、周次郎の口から細い息が吹き出された。

「よし、いいぞ。来い」

三、四合打ち合わせ、左右に離れた。

息を荒げている軍兵衛を見て、周次郎がさらりと言った。

「少しは、しゃんとして来たようだな」

「驚いたぞ、手加減をせい」

「だからだ。お遊びでは稽古にならぬからな」

周次郎が受けに、軍兵衛が打ち込みに回った。

「駄目だ。太刀が届いておらぬぞ」

周次郎の引き足が速く、軍兵衛の踏み込みでは間合を詰められない。斬り上げた木刀が空に流れた。

「動きが鈍っているな、ひどいぞ」

軍兵衛が受けに回った。

「必死で躱せ」

周次郎の木刀が、唸《うな》り、撓り、地から爆《は》ぜた。一回、二回は、どうにか躱したが、三回目の一撃は、躱そうにも身動きすら出来なかった。気付いた時には、木刀が脇腹に食い込んでいた。

軍兵衛は息を詰め、膝から地に落ちた。

「案ずるな。折れてはおらぬ」

「太刀筋が見えなかった」

身体を折り、歯を食い縛《しば》って、軍兵衛は苦痛に耐えた。

「動きが遅いからだ。己の動きが速くなれば、自《おの》ずと相手の太刀筋も見えるようになる」

「分かった」

「もう一度、やるか」

「いや、今日は止《や》めておこう。日が悪い」

「日が悪いのに、わざわざ来たのか」

周次郎が木刀を廊下に立て掛けながら言った。

「方角はよかったのだ」

「そうか」

周次郎は軍兵衛に、稽古をしろ、と言った。

「稽古を積まねば、脇坂には勝てぬぞ」

「よう分かった」

「朝と晩、素振りを二百本、毎日やれ。そうすれば、太刀筋がもっと速くなる」

周次郎は濯いだ足を拭《ふ》くと、廊下に腰掛け、俺とお主の違いは、と言った。

「素振りをやっているか否かの違いだ。物事は基本だ。基本を繰り返すことだ」

これは受け売りだ、と周次郎が言った。

「誰の言葉か分かるか」

「いや」

「軍兵衛、お主が道場の若い者に言っていた言葉だ。二十三、四の時にな」

「覚えておらぬ」

言ったことすら、きれいに失念していた。

「俺は覚えていた。そして、守った。今でも守っている」

足を濯げ。周次郎が言って、座敷に上がった。

軍兵衛は、ひたひたと寄せて来る感動に心を震わせながら足を濯いだ。

座敷に上がると茶が用意されていた。

「また、いつでも来い。稽古をしよう」

「済まぬ」

茶碗《ちゃわん》の蓋を取り、一口飲んでいると、家人が擦り足で廊下を回って来た。急ぎの用らしい。

「何だ？」

周次郎が訊いた。

「鷲津様に、でございます」

「俺かい？」

「町方の者が、至急お会いしたいと参っておりますが」

何かの時には、と千吉に行き先を教えておいたのだ。

「お手数だが、庭に回して下され」

留松が、尻っ端折っていた裾を垂らしながら腰を屈め、庭先に現われた。

「こっちだ」

「旦那ァ」言ってから、周次郎に気付き、慌てて平伏《へいふく》した。

「何があった？」

顔を上げた留松が、首と口を突き出した。

「驚いちゃいけやせんぜ」

「驚かねえから早く言え」

「お糸が、与助の女房のお糸が殺されやした。直ぐ来ておくんなさい」

軍兵衛の顳顬《こめかみ》に青筋が立った。びくびくと脈打っている。声を咽喉から押し出すようにして言った。

「場所は、三河町の《伊兵衛長屋》か」

「その通りで」

「誰に殺《や》られたか、分かっているのか」

「それが、さっぱり分からねえんで。見た者もいなければ、誰も物音ひとつ聞いちゃおりやせん」

「斬られたか、刺されたか、絞《し》め殺されたか、いずれだ？」

「刺されておりやした」

「金は？　二百に近い金は、どうなった？」

「ありやせんでした」

「赤ン坊は、どうした？」

「無事です。上手《うま》い具合に寝ていたのが、幸いしたのかも知れやせん」

「分かった。殺った奴が、分かったぞ」

「もう分かったんで」

留松の顔が、驚きと嬉《うれ》しさで内側から弾《はじ》けそうになっている。

「それで、殺された刻限は？」

「六ツ（午前六時）には生きておりました。長屋の者が見ておりやす。その後、六ツ半（午前七時）に隣の者が訪ねると刺されていたので、その間に殺られたものと思われやす」

「今は、四ツ（午前十時）を回ったところだな……」

殺されて、一刻半（三時間）が経つ。まだ間に合うかも知れない。

「直ぐ行くから表で待っていろ」

留松が表へ飛び出して行った。

軍兵衛は茶の残りを飲み干すと、周次郎に稽古の礼を述べ、刀を手に取った。

「殺した者が分かったと言っておったが、実《まこと》か」

「実も実、これからふん捕まえてくれるわ」

「凄《すご》いものだな、八丁堀の嗅覚《きゆうかく》というものは」

「だから、俺はまだまだ死ねぬのよ。脇坂某にも勝ってみせるわ」

「鼻息が荒くなったな。いいことだ。稽古をすれば、打開出来ぬことはないからな」

「任せてくれ。また来る」

脇腹に手を当て、軍兵衛が走り去った。

(勝てぬ。あの腕では、如何《いか》に稽古を積もうとも、勝てぬ……)

周次郎は、奥へ戻りながら呟いた。

四

軍兵衛と留松は、御駕籠町《おかごまち》を抜け、御三家のひとつ紀州《きしゅう》徳川家の上屋敷の塀に沿って走り、喰違御門へと向かった。

半歩遅れて走りながら、留松が訊いた。

「誰です、お糸を殺したのは?」

「煮売り酒屋の板前だ」

軍兵衛が、間髪《かんはつ》を容《い》れずに答えた。

「煙管を貰った野郎じゃござんせんか」

「そうだ」

「こんな高《たけ》えものを買う銭がよくあったな、とか言ってるうちに、二百両の金のことを訊き出したんでやすかね」

「そんなところだろうよ。塒《ねぐら》はどこだとか、言ってたな？」

「柳橋北詰平右衛門町《やなぎばしへいえもんちょう》の《舌切《したき》り長屋》でございやす」

柳橋に行くためには、溜池を越えてから土橋、京橋、日本橋を通り、両国広《りょうごく》小路を抜けねばならなかった。

「駄目だ。俺は脇腹を痛めちまって走れねえ」

軍兵衛に倣《なら》って留松が足を止めた。

「どういたしやしょう？」

「いいか、よく聞けよ」

こうなれば、任す他になかった。軍兵衛が脇を押さえながら言った。

「先《ま》ず、《舌切り長屋》に行け。蛻《もぬけ》の殻《から》だろうがな。恐らく奴には女がいる筈だ。長屋の連中が見知っているかも知れねえ。どこの女か調べろ。奴は江戸を売る気に違《ちげ》えねえ。女には、二百近い金を博打《ばくち》で稼《かせ》いだくらいに言ってあるだろうから、女は浮かれて四宿のどこから江戸を出るのか、近しい者に漏らしているとも考えられる。訊き出すんだ。俺は土橋を渡った丸屋町の自身番にいるから、分かったら誰かを走らせてくれ。取っ捕まえに行く」

言われたことを頭に叩き込んでいる留松に訊いた。

「千吉はどうしてる？」

「お糸の長屋におりやすが」

「三河町に回っている暇はねえ。どこぞの岡っ引に助けを頼んでくれ。顔見知りはいるか」

「車坂《くるまざか》の親分ならば」

天徳寺《てんとくじ》門前の車坂で女房に料理屋をやらせている岡っ引の名を挙げた。

「後で俺が褒美をやると言ってたと言ってな、そいつの下っ引をお糸の長屋に走らせろ。板前野郎の長屋で落ち合ってもいいぞ。とにかく一刻を争うからな。急いでくれよ」

駆け出そうとする留松を、軍兵衛は慌てて呼び止めた。

「手札の件だが、済まねえが、すべて片付いたらにしてくれ」

「承知しておりますんで、お気を遣わねえでおくんなさい」

では、急ぎますんで。留松が振り返りもせずに走り去った。

留松は車坂の親分の料理屋に飛び込むと、助けを頼み、下っ引に言った。

「千吉親分に、お糸を殺したのは具足町の板前だ。柳橋の《舌切り長屋》に来てくれ。留松、俺の名だ、俺がいなければ大家に行き先を訊いて追ってくれ、と伝えておくんなせえ」

「分かったな、しくじるんじゃねえぞ」

下っ引を《伊兵衛長屋》に送り出した車坂の親分が、留松に言った。

「何でも言ってくんな。急ぐんだろ」

「ありがとうござんす」

走った。

「どいてくれ」

「通してくれ」

留松と車坂に、人通りを蹴散《けち》らして、ひたすら走り、柳橋を渡った。

《舌切り長屋》に板前はいなかった。

「奴のところへ出入りしている女が、ひとりかふたりはいただろう？　知らねえ振りなんぞしていると、自身番どころか大番屋に呼び出すぞ。言え。吐いちまえ。それとも、お前も仲間か」

車坂の強引な調べで、お袖の名が割れた。

「お袖には、どこに行けば会えるんだ？」

脅《おび》えている大家に、留松が訊いた。

「《田貫》という煮売り酒屋ですが、ご存じですか」

知っていた。何度か千吉に連れて行って貰ったことがあった。

「栄橋東詰の《田貫》かい、久松町の」

「よくご存じで」

そう言えば、袖という小女を千吉が可愛《かわい》がっていた。

「行きやしょう」

「おう」

車坂の口数が、減って来た。大分《だいぶ》草臥れて来たらしい。

しかし、柳橋と栄橋は遠い距離ではなかった。走り出すと、直ぐに着いた。

留松が暖簾を払い、腰高障子を開けた。

「御免よ」

「これは、千吉親分とこの」

女将《おかみ》が、にこやかな笑みを見せた。

「御用の筋なんだ。お袖はいるかい？」

「今日は、まだ来ていないんですよ」

「おうおう、隠し立て……」

女将を見て突然元気になった車坂を背に回し、留松が尋ねた。

「お袖がどこに住んでいるか、教えてくれねえか」

千鳥橋《ちどりばし》を渡った坂町《さかまち》の《孫市《まごいち》長屋》だった。目と鼻の先である。

やはり、お袖は既に長屋を出ていた。井戸端で洗い物をしていた女に訊いた。

「おかみさんは面倒見がよさそうだが、どこに行ったか、何か聞いちゃいねえかい」

口が大きく、噂話《うわさばなし》の好きそうな女が、あらまっ、と嬉しそうに顔を綻《ほころ》ばせた。

「小田原《おだわら》に行くんだってね、喜んでいたよ」

「小田原って、相州の？」

「当たり前じゃないか。小田原町なら引っ越しだよ。嬉しくもないさね」

「小田原には、何が？」

女が親指を立てた。

「男の故里《ふるさと》らしいよ。ふたりで小間物屋を始めるんだって、お袖ちゃん、そりゃあ幸せそうだった」

「男は一緒だったのかい?」

「見なかったねえ」

と女が、周りのかみさん連中に声を掛けた。たちまち数人が寄り集まって来た。

「多分、どこかで待ち合わせだよ。顔くらい見せてくれてもいいのにね、薄情なもんだよ」

口に合わせ、かみさんどもの身振り手振りが激しくなった。際限の無いお喋《しゃべ》りが始まったらしい。

「よし、品川だ」

大家に名乗り、追って来る者がいたら、品川に向かったと伝えてくれるよう頼んでいるところに、千吉らが追い付いた。これまでの経緯《いきさつ》と、車坂の親分に助けを頼んだことを話し、皆で丸屋町の自身番へ走った。

中で、軍兵衛が待っていた。

「どうだった?」

千吉に訊いた。千吉が、留松に聞いたことを掻い摘んで話した。

「品川でさあ」

「よし、取っ捕まえるぞ」

留松と車坂を先頭に、千吉、軍兵衛、新六と続いた。

土橋を渡ると、芝口町、源助町《げんすけちょう》、露月町《ろうげつちょう》、柴井町《しばいちょう》と、東海道を直走《ひたはし》った。

「駕籠《かご》を使いやすか」

千吉が訊いた。

「馬鹿野郎、そんなみっともない真似が出来るか」

「下手すると逃げられちまいますぜ。旗本の次男坊の時のように」

「何を」

軍兵衛の足の速度が増した。だが、続かない。直ぐに落ちた。

金杉橋を越えた。道が大きく曲がり、左手に砂浜が見えた。魚の水揚げ場である。潮風が一層《いっそう》生臭くなった。

「茶屋に訊いてみろ。板前とお袖らしいのが通らなかったか」

留松と新六が街道脇の茶店に飛び込んで訊いている。

ふたりが首を横に振りながら出て来た。

「皆似たり寄ったりで、どれがお袖らか分からないそうです」

「よし、万一ってこともある。留松と新六は、すべての茶屋を覗きながら行け。千吉と車坂のは、大木戸まで先に走ってくれ。品川に入られると面倒だ。奴らが行き着く前に、見付け出してえからな」

先に進む者、両側の茶店を覗く者、二手に分かれた只中《ただなか》を、軍兵衛は急ぎ足で歩を進めた。


その軍兵衛の姿を、茶碗の湯を飲みながら、凝っと見ている男がいた。

男は茶店の中にいた。葦簾《よしず》張りの陰に座り、針《はり》のように鋭い視線を軍兵衛に向けていた。

男の名は、夜泣きの惣五郎。

《国府屋》押込《おしこ》みの陣頭に立つべく、江戸に足を踏み入れたところだった。

「懐かしい面じゃないかい。頬の傷では物足りないのかえ」

惣五郎は、咽喉の奥で、鳩《はと》のように笑った。

「どうなさったんで？」

道中警護を兼ねた子分のひとりが、惣五郎に訊いた。もうひとりが、訝《いぶか》しげに惣五郎の視線を追った。三年前に大坂で手下に加えた子分である。

「あそこに、八丁堀がおるじゃろう?」

「へい」

「因縁《いんねん》のある奴でね。四年前に命を取り損なったのだよ」

「運のいい奴でんな」

「運なんてものは一度だけだってことを、教えてやらねばねえ」

また鳩のような笑い声を上げた。

「御免よ」

新六が、茶店を覗いた。

惣五郎が、にこやかな笑顔を見せて、振り向いた。子分らは、湯飲みに顔を埋《うず》めている。

「邪魔したな」

新六が次の茶店に走っている。

「何かあったんやろか」

「どこかの馬鹿がしくじったんだろうよ」

「しくじるようなことは、したらあかんな」

子分の言葉に、もうひとりの子分が笑って応《こた》えた。

「覚えておきな。思い付きは絶対にしくじる。お務めと料理は下拵《したごしら》えで決まるんだってね」

「へい」

頷《うなず》いた子分のひとりが、前方の茶店を指さした。

男が飛び出して、短刀を振り回している。陽光が刃《やいば》に跳《は》ね、きらきらと光った。

「きれいだねえ」

と惣五郎が言った。

「声が聞こえない分、絵空事《えそらごと》のようだね」

女が男の名を叫びながら、裾を乱して泣き喚《わめ》いた。

「いけないね。興醒《きょうざ》めだね」

十手が振り下ろされ、男の手から短刀が叩き落とされた。

白い麻縄が飛び、瞬《また》く間に男が縛り上げられている。

騒ぎに気付いたのだろう、岡っ引らしいのがふたり、大木戸の方から走って来た。

「どうやら仕舞いだね」

「ほな、ぼちぼち参りまひょか」

「奴らが消えてからだよ。埃《ほこり》っぽくていけない」

通りが落ち着いたのを見計らい、子分のひとりが茶店に出向いて、何があったか聞いて来た。

「女を殺して逃げて来たらしいんでやすが、連れて来た情婦《いろ》が身籠《みごも》っておりやしてね、急に具合が悪くなって動けなくなっちまった。それで追い付かれたとか話しておりやした」

「女は恐いね。お前らも、女でしくじるんじゃないよ」

「覚えておきやす」

「行こうか。儀十が待っているだろうからね」

第八章　決着

一

三十間堀三丁目の煮売り酒屋《小助》に、三人の旅姿の男どもが入ってから、一刻《いっとき》（約二時間）程《ほど》になる。ふたりは若く、比べるとひとりは老《ふ》けて見えた。それが何歳くらいなのかは、顔が頰被《ほおかぶ》りに隠れていて、分からなかった。

「夜泣きじゃねえのか」

銀次が義吉に訊《き》いた。しかし、いくら訊かれても、義吉は惣五郎の顔を知らなかった。

「夜泣きだと思いやすが、多分、としか答えられやせん」

「間違いねえよ、あいつは夜泣きだ」

断言したのは、小宮山仙十郎だった。

「でも、旦那《だんな》」

銀次と義吉が、顔を見合わせた。

「器量と貫禄《かんろく》だ。足の踏み降ろしが、際立《きわだ》っていた。あれは、小物の歩き方じゃねえ」

「確かに、そうでございやすが」

ふたりは、腰高障子《こしだかしょうじ》の敷居を跨《また》ぐ、男の足の運びを思い出していた。迷いも気後《きおく》れもなかった。

「それにな、まだ来ないと思っているより、もう来ていると思っていた方が落着くってもんじゃねえか。それらしき者が《小助》に入った、と今夜にでも皆に言っておくからな」

「承知いたしやした。今度こそ見定めやす」

「頼むぞ」

更《さら》に半刻が経《た》った。灯《ひ》が灯《とも》され、《小助》の戸が白く膨《ふく》らんで見えた。しかし、ことりとも鳴らない。

苛立《いらだ》ちが募《つの》った。義吉の足が小刻《こきざ》みに動き始めた。忠太が、爪を噛《か》んでいる。

出て来た。

《小助》の裏口が開き、亭主安吉の倅《せがれ》・友吉が、左右に目を配ってから、路地に出て来た。

「倅の奴が、出掛けるようです」

義吉が、仙十郎と銀次に言った。忠太は、階段の降り口に足を掛けている。命令ひとつで、直《す》ぐにも尾《つ》けられる。

「旦那」銀次が、仙十郎を責付《せっつ》いた。「見失いますぜ。尾けやしょう」

忠太の足が、階段板を踏んだ。

「待て、何か臭う。動くな」

「でも、旦那、どこかで誰かと連絡《から》むかも知れませんぜ」

「捨てろ。夜泣きが、何ゆえ今まで捕まらずにのうのうとしているのか。多分恐ろしく用心深いんだろうよ。俺たちも、用心深くなろうぜ」

「へい……」

銀次が忠太に、降りるな、と合図を送った。忠太の眉《まゆ》が微《かす》かに曇った。数瞬が流れた。

「旦那……」

義吉が、細く開けた障子の下に身を潜《ひそ》め、這《は》うようにして下がった。

「また、裏から出て来やした」

「どっちに向かった？」

銀次が訊いた。

「友吉と同じ方でやすが」

「確かめているんだ。友吉を尾けている奴がいるか、いねえか」

太い息が、銀次の口から漏れた。

「何てえ奴らだ」

裏口から出た影は、軒下《のきした》を伝って見えなくなった。

暫《しばら》くして、表の戸が開き、別の男が紀伊国橋《きのくにばし》の方に歩き始めた。懐手《ふところで》をして、三十間堀を横に見ながら歩いて行く。ふたりの男連れと擦《す》れ違った。男連れは、友吉と、尾行の有無を確かめに後から出て来た男だった。

友吉と男が戻って間《ま》もなく、懐手の男も《小助》に帰って来た。友吉が引き戸を開け、縄暖簾《なわのれん》を仕舞った。

銀次が義吉と忠太を見てから、仙十郎に目を移した。

仙十郎は、戸袋の隙間《すきま》から《小助》を見下ろしていた。

「旦那」

と銀次が言った。

「出過ぎまして、申し訳ありやせんでした。もう少しで、《白虫《しらむし》》の働きを台無しにするところでした」

「危なかったな」

仙十郎が首を竦《すく》めて見せた。

「何か臭う、なんて、出任せだ。ただ尾けたい気分じゃなかったんで、そう言っただけだ。情けねえったらありゃしねえ。礼を言うのは、こっちだよ」

「とんでもねえ、旦那」銀次が畳に手を突いた。「以後、気を付けやす」

「お互いにな」

「へい」

銀次に命じられて、忠太が茶を淹《い》れ替えた。

「親分」と義吉が、外を見たまま言った。「《国府屋》の方は大丈夫でしょうか。連中のことです。同じような誘いを仕掛けねえとも限りませんぜ」

「引き込みはひとり仕事だ。お時ひとりでは、こんな真似《まね》はしねえだろうよ。ねえ、旦那？」

銀次が、茶碗《ちゃわん》を手許《てもと》に引き寄せながら訊いた。

「それもあるが、お時が並の女でないことは、尾けていたお前らが一番よく知っているだろう。あの女は、なまじ切れるから、罠《わな》なんて七面倒なことは願い下げなんだよ。その思い上がりが、落とし穴になっているんだがな」

「成程《なるほど》ねえ」

唸《うな》っている銀次に、義吉が言った。

「誰か来やした」

酒に酔った男が三人、《小助》の戸を引き開けようとしている。心張り棒がしてあるらしく、開かない。戸を小さく叩《たた》いた。

どこの誰か、問われているのだろう。男らが答えた。

戸が細く開き、男らが吸い込まれた。

敷居を跨ぐ三人の足に酔いはなかった。

「これで《小助》にいるのは、都合何人になった？」

仙十郎が、銀次に尋ねた。

「夜泣きの惣五郎と思われる男、その供をして来たふたりの男、片貝の儀十、駒越の常七。そして今入った三人に、《小助》の亭主に倅の、計十人です」

《小助》に入った三人を、空いた酒樽《さかだる》に腰掛けた安吉が迎えた。

「遅かったじゃねえか。お頭《かしら》がお待ちだぜ」

安吉が、目を天井に向けた。丸太をふたつに割り、脚を付けただけの簡便な台に、湯飲みが置かれていた。湯気が立っている。

「父《と》っつあん、酒かい？」

「白湯《さゆ》だ」

「何でえ」

「俺だって、酒ばかり飲んでいる訳じゃねえよ」

「それもそうだ」

安吉と軽口を利《き》いていた男の脇を、ひとりが小突いた。

「お頭の機嫌は？」

「遅れたんだ、いい筈《はず》はあるめえよ」

三人は顔を見合わせると、裾《すそ》を払い、階段を駆け上った。

二階の座敷には、惣五郎を囲むように、片貝の儀十以下四名の者が円座を組んでいた。

「どうしたい？」

儀十が、腕組みをしたまま顔を上げた。

「申し訳ござんせん。途中雨に祟《たた》られやした」

尾張ひとりと三河《みかわ》ふたりが落ち合い、江戸に向かったのだが、雨に降られ、川越えの舟に乗り遅れてしまったのである。

「僅《わず》か一日の遅れでも、遅れは遅れだ。言い訳はなしだぜ。信濃の七人は決めた日取りに着いているんだからな」

「言い訳だなんて滅相《めっそう》もない。何があろうとお頭より先に着いていなければならねえのに、後になっちまって詫《わ》びの言葉もござんせん。これからは決して遅れねえよういたしますので、どうか許してやっておくんなさいやし」

三人が、揃《そろ》って額《ひたい》を畳に押し付けた。

「お頭」

儀十が、三人の処分を惣五郎に委《ゆだ》ねた。

「今回は、手前《てめえ》らの言い訳を聞いておいてやろう」

惣五郎が、煙管《キセル》を灰吹きに叩き付けた。

「但《ただ》し、二度は効かないよ」

三人の頭が更に低くなった。

「お許しが出た」儀十が手で座に加わる位置を示した。「お前らも聞け」

三人は腰を屈《かが》めて、前に進んだ。円座が切れ、輪が広がった。

「お時から連絡《から》みがあってな」と儀十が、ふたつに割った竹筒から紙片を取り出した。

「明後日《あさって》に四千両、その翌日にまた四千両の金が入り、蔵の金は都合壱《いち》万両近くになるそうだ」

後から加わった三人の口から、溜《た》め息が漏れた。

「そりゃまた、あるところにはあるもんでやすね」

「あるのはいいんだが、二日に亙《わた》って蔵に入るのが気に入らねえんだ。一日で集まるものと思っていたからな」

「盗むのは一日、同じことじゃねえですか」

儀十は、鋭《するど》い一瞥《いちべつ》を三人にくれると、目を惣五郎に移した。

「お頭、日取りですが、どういたしやしょう？」

「決めようか」

「お指図《さしず》に従います」

駒越の常七が、押込《おしこ》みの日取りを明後日にするか三日後にするかで意見が分かれていたのだと、三人に小声で話した。

「四千両は諦《あきら》めよう」と惣五郎が言った。「明後日に押し込むことにする」

「お頭、壱万両を目の前にして、六千だなんて、それじゃ半分ちょいですぜ」

三人のうちのひとりが、口を尖《とが》らせた。

「口出しするな」

儀十が鋭い声を発した。

「へい……」

「みすみす半分近くを捨てるようだがな、同じ押し入るなら誰でも壱万両を得ようとするだろう。もしかすると《国府屋》に目を付けているのは、俺たちだけではないかも知れねえ。だが、六千に絞《しぼ》れば、俺たちだけの筈だ。競り合う奴はいなくなるってもんだ」

惣五郎は諭《さと》すように言葉を続けた。

「よく考えて見ろ。六千も盗《と》れば、仕込みの元どころの話ではない。十分だろう。他人様《ひとさま》のお宝を横から盗むんだ。欲張ってはいけねえよ」

「あっしも、それがいいと思いやす」

儀十は、円座を見回し、決まった以上、文句はなしだ、と言った。

「務めは、お頭とここにいる我ら七人、そして信濃の七人と引き込みのお時、総勢十六名で行なう。万一の時の逃げ場は、ここだ。父っつあんと友吉が、匿《かくま》ってくれる」

信濃の七人は、三人、四人と分かれ、旅籠に泊まっている。

「明後日は、いつも通り、明るいうちに、ここに集まるんだぜ。皆で、夜が更《ふ》けるのを待とうじゃねえか。夢を見ながらよ」

惣五郎が、咽喉《のど》を鳴らした。

「七人に、知らせておきやす」

駒越の常七が言った。

「そうしてくれ」儀十は答えてから常七に、明日お時に連絡め、と言った。

「明晩だ、とな」

「任せて下さい」

「どうやら、八丁堀には何も気付かれちゃいないようだし、楽なお務めになるだろうよ」

惣五郎が上機嫌になって言い放った。酒にしようか。

儀十が階下の安吉を呼び、酒の支度《したく》をするように命じた。

「明日でございやすが、お頭は、どうなされやす？」

　常七が、尋ねた。

「姿を見られても詰まらねえ。お務めの前は、一歩も外へは出ねえよ」

　惣五郎は、障子を細く開けると、外の風景を覗《のぞ》いた。

「俺の江戸はいつも細長いんだが、贅沢《ぜいたく》は言わねえ。務めを続けているうちは、これで満足だよ」

　階段を踏み締める音がした。酒が来たのだ。惣五郎が、障子を閉めた。


《小助》の二階の障子が閉まった。

　見張り所の位置からでは、座敷の様子は窺《うかが》えなかった。銀次は障子から離れ、壁に背を押し付けた。

　小宮山仙十郎は北町奉行所に戻っていた。島村恭介を交え、加曾利孫四郎に鷲津軍兵衛と、今日一日の夜泣き一味の動きを《国府屋》側の動きと照らし合わせに行ったのだ。戻って来るまでには、まだ間がある。考えることは、山程あった。

　夜泣き一味は、いつ《国府屋》に押し込むのか。《国府屋》は店売りでも稼《かせ》いだが、煙草《タバコ》を入れた箱を売り子が背負い、盛り場や髪結床《かみゆいどこ》を流して売る稼ぎも大きかった。髪結床の場合は、『置き煙草』にし、晦日《みそか》に売上げを回収することが多かった。他の売上げも晦日払いが多いと考えると、金の集まる日にちは晦日ということになる。盗みに入るなら、金が集まる日に狙《ねら》いを付けるのが常道だ。そうだとすると、押し入るのは晦日か、その翌日か。

朔日《ついたち》になると、月番が代わる。北町は非番になるが、捕物《とりもの》に月番も非番もなかった。非番の月は、新たな訴訟を受け付けないだけだった。捕物の日にちを、はっきりさせなければならなかった。夜泣き一味が全員集まるのは、いつなのか。あるいは、いつ《国府屋》に押し込むつもりなのか。

（いつなんだ？）

唇《くちびる》に皺《しわ》を寄せた時、三年前から準備を始めていたことに思いが至った。

そこまで念を入れたのは、どうしてなのか？

月々の売上げを狙うのなら、それ程までの準備は要《い》らないだろう。

（もっと大きな金が、《国府屋》に集まるのだろうか……）

それを知るには、どうしたらよいのか。

「《国府屋》に訊けば分かるぜ」

小宮山仙十郎だった。

「いつ、お戻りに？」

「たった今だ」

仙十郎が銀次に訊いた。押込みの日取りがいつか、考えていたのだろう？

「図星で」

「考えている余裕はねえんだ、明日にでも主に訊こうじゃねえか。許しは、島村様からいただいて来た」

「お店《たな》には行けやせんし、沢《ま》してや御奉行所に呼び出す訳には参りやせん。どこで訊くんでやすか」

「《国府屋》の株仲間で、お前の顔の利く煙草問屋はねえか」

心当たりがなくもなかった。手代の不始末を、奉行所に内緒で片付けてやったことがあった。

「よし、《国府屋》をそこに呼び出そう」

翌日の手筈を決めた後で、仙十郎が言った。

「与助の女房が殺されたぞ」

翌朝五ツ半（午前九時）、《国府屋》利兵衛は手代ひとりを連れて、真福寺橋と白魚橋を渡った。本材木町《ほんざいもくちょう》を北に向かって歩き、三、四丁目の自身番《じしんばん》近くの煙草問屋《駿河屋《するがや》》を訪れたのである。

手代を商いの邪魔にならぬようお店の隅で待たせると、《駿河屋》に案内されて奥へと上がった。

「どうしなすった？　《駿河屋》さんが相談事というから驚きましたよ」

利兵衛が座布団に座ったところで《駿河屋》が襖《ふすま》を開けた。隣の間にいた八丁堀と岡《おか》っ引《ぴき》が座敷に入って来た。

「これは？」

顔色を変えている利兵衛を、《駿河屋》が宥《なだ》めた。

「騙《だま》して申し訳ないとは思ったのですが、八丁堀の旦那と銀次親分が《国府屋》さんを助けるためだと仰《おっ》しゃったので、来ていただいたという訳なのですよ」

「助ける？」

「手代を脅《おど》して、煙草を横流しさせようとしている輩《やから》がおりやしてね、そいつのことで……」

と銀次は、さももっともらしい嘘《うそ》を吐《つ》いた。

「誰です?」

「済《す》まねえ」

小宮山仙十郎が《駿河屋》を座敷から出した。

「終わるまで茶もいらねえ。人を近付けねえでくれ」

「承知いたしました」

《駿河屋》が廊下を擦り足で遠ざかった。

「《国府屋》さん、横流しの話は嘘だ。話はもっと大変なことでな。押込みがお店を狙っているんだ」

銀次がお時の件は隠して、これまでのあらましを話した。

「ところが、どうしても押し入る日にちが分からねえんだ」

「近々、大金が蔵に収まる日があれば、教えてはくれぬか」仙十郎が言った。

「恐らく、奴らはその日の夜更《よふ》けに押し入るつもりなのだ」

「………」

「金が動く日など、ねえのかい?」

「ございます」

「いつだ?」

「明日と明後日でございます。晦日になると、何やかやございますので、その前に片付けようと思いまして」

「よかったら、どれくらいの金が蔵に収まるのか、教えては貰《もら》えねえだろうか」

「明後日には、約壱万両になる予定でございます」

「凄いものだな。煙草ってのは、そんなに売れるものなのかい」

「まさか。火事とか不用心でございますので、《春霞》の代金をある寺に預け、富籤《とみくじ》や貸金などに運用して貰っていたのですが、近頃の寺は商人《あきんど》より利に聡《さと》いところがございましてな、もう少し訳の分かった別の寺に移すことにいたしたのでございます。その金が、一時ですが蔵に戻って参ります。それを狙われたのでございましょうが、盗賊どもはどうして日取りを知ったのでしょうか」

「寺を替えると決まったのは、いつのことだ？」

「四年前になります」

「そんなに前のことなのか」

二年前に、お時が《国府屋》に潜《もぐ》り込んだのは、この一連の動きを見越してのことだったのか、と仙十郎と銀次は、同時に思っていた。

「大金でございます。一度貸し付けたら、右から左に止《や》めたという訳には参りません。何しろ貸し付け先は御大名家でございますからな」

大名家を金で縛《しば》っているという商人の気位が覗いた。

「そういうことか」

八丁堀には縁のない話だった。

「とにかく」

奉公人らの中に盗賊の手下が入っているとも限らぬ。お店を四六時中、途切れることなく見張っているから、この件は誰にも口外しないようにと釘《くぎ》を刺した。

「はい……」

一瞬垣間《かいま》見せた威勢はどこへやら、利兵衛の返事は心許無《こころもとな》いものに戻った。無理もなかった。お店が狙われているのである。

「よいことを教えよう。盗賊の片割れに、こちらの手のうちを気付かれぬようにする方法だ。大声で笑え。欠伸《あくび》をしろ。そして、よく食べろ。咽喉に詰まってもいいから、食べろ。この三つを守っておれば、まず気付かれぬ」

利兵衛が青い顔をして、《国府屋》に戻って行った。

ついせかせかとした歩みになってしまう己を小心者よと詰《なじ》りながら、暖簾を潜《くぐ》った。

直ぐ後ろから、客が入って来た。

利兵衛は軽く会釈《えしゃく》して、奥へと向かった。

客は、刻み煙草を計《はか》らせている。

「いらっしゃいませ」

箒《ほうき》を手にしたお時が、客にお辞儀《じぎ》をした。

客が優しげな笑顔を返した。駒越の常七だった。

二

助《す》けとして《国府屋》の見張り所に詰めていた忠太が、お店に入って行く常七に気付き、千吉に知らせた。

「尾けろ」千吉が留松と新六に言った。

階段の降り口に向かったふたりを千吉が止めた。

「お時だ」

水桶《みずおけ》と柄杓《ひしゃく》を手にして、通りに水を打っている。

「あの女《あま》、尾行の警戒も兼ねていやがる」

「どういたしやしょう？」

「真福寺橋に向かうか、木挽町方向に向かうか、ふたつにひとつだ。二手に分かれ、裏を通って先回りしろ」

「合点《がってん》で」

　裏口を出、路地を伝うと、ふたりは北と南に分かれた。

　常七は南に向かっている。紀伊国橋を渡り、左に折れた。そのまま行けば煮売り酒屋の《小助》に行き着くことになる。

　留松は、常七の背が米粒くらいに見える程に間合を取った。もし、横町に折れ込まれたら、対応は出来なくなる。それでも、ばれるよりはましだった。

　留松の心を読んだかのように、常七がふっ、と横町に折れた。

　走り出したかったが、敢《あ》えて足の運びを落とし、ゆるりと歩いた。

　常七が折れ込んだ横町が近付いて来た。

　走り込みたいのを堪《こら》えている留松の目の前に、常七が飛び出して来た。

　尾行者の有無を曲がり角に隠れて待っていたのだろうが、痺《しび》れを切らして出て来たのだ。

　留松は爪の甘皮を前歯で噛んだ。ごしごしと噛んだ。甘皮取りに集中している男を演じて見せた。

常七は肩を窄《すぼ》めると、留松の前を走り去って行った。後ろ姿が、ぐんぐんと小さくなった。留松は目を移さずに、常七を見据えた。

常七は立ち止まろうとも、振り返ろうともせずに、するりと《小助》の中に滑り込んだ。

留松は、表通りを避け、裏の路地を通って《小助》の見張り所に上がった。

夜泣きの一件の片が付いたら、親分と言われる身分になれる。そのことを旧知の銀次に、それとなく伝えておきたかったのである。

折よく銀次がひとりで詰めていた。

義吉は、一刻半程前に忠太とともに尾行に出ていた。

「昨日、最後に《小助》に入った三人組が、出掛けたのか、それとも宿か別の隠れ家に戻ったのか、とにかく外に出たので尾けさせているんだが、なかなか戻って来ねえんだ」

銀次が、額に手をやった。

「相手は三人ですか」

三人連れに警戒されて歩かれては、尾行は困難だった。横の者と話す振りをして、目の端で、姿を拾《ひろ》われてしまうからである。

不安が的中した。義吉と忠太は、三人を見失ってしまっていた。間合を取り過ぎたためだった。

尾行に気付かれず幸いだったが、自《みず》らのしくじりで見失ったことが、義吉には許せなかった。三人を探して、周辺を歩き回っていたのだった。

諦め、見張り所に戻って来た時には、飛び出してから二刻が経っていた。

「気に病《や》むな。気付かれるより、余程いい」

「親分の仰しゃる通りでござんすよ」

留松は、それだけを口にして銀次の許を後にした。

お時にしても、《小助》にしても、その日の目立った動きは、それだけだった。

六ツ（午前六時）の鐘《かね》が鳴り出す前から、雨が降り始めた。

しとしとと肌に吸い付くような雨だった。

千吉は、雨を見ながら眉根を寄せた。傘に隠れて、人相が見分けられない。見張りするのに、これ程の不都合はなかった。

「苛立ったら負けだぜ」

と鷲津軍兵衛が、風呂敷包みを手にして階段を上がって来た。

「旦那、今朝《けさ》はばかに早いんでございますね」

「朝飯をな、持って来たんだ」

包みを僅かに持ち上げた。四段の重箱だった。三段が弁当で、一段は足りない時のために握《にぎ》り飯を詰めてあった。

「味噌汁《みそしる》は、今、下で温めて貰っているからな、ちょいと待て」

「御新造《ごしんぞ》さんのお手作りでございますか」

「お手作りって程のものではないが、味はよいぞ」

千吉と留松と新六が、頭を下げた。

「よしてくれ。俺ばかり布団で寝て、心苦しいんだからよ」

「では、威張って食べてよろしいんでございやすね」

「そうだ」

温まった味噌汁が、階下の蕎麦《そば》屋の主の手によって運ばれて来た。

「済まねえな。ありがとよ」

「私どもまで御相伴《おしょうばん》させていただき、こちらこそありがとう存じます」

主が、丁寧に腰を折った。

「蕎麦屋に食い物も何だと思ったが、勘弁してくれ」

「とんでもございません。食べるのが勿体《もったい》ないくらいでございます」

「無理言ってるのはこっちなんだ。これ以上礼を言われちゃ、返事のしようがねえやな」

それでも主は最後にもう一度礼を述べて、階下に降りて行った。

「俺が見ているから、食ってくれ。腹が減っただろう」

「遠慮なくいただきます」

飲み食いする密《ひそ》やかな音が、灯も灯さない薄暗い部屋に満ちた。

軍兵衛は、《国府屋》の店舗先を見た。揚げ戸が吊《つ》り上げられ、暖簾が下げられている。

お店の中では、丁稚《でっち》が土間を掃《は》き清め、手代が何やら指図しては動き回っている。

いつもと変わらない朝の光景だった。

そのお店を、狙っている者もいれば、賊の動きを見張っている者もいる。

(人とは、馬鹿な生き物だな)

軍兵衛は、今更ながら己の務めが滑稽《こっけい》なものに思えた。

千吉と見張りを交替し、軍兵衛は奉行所に向かった。

中間《ちゆうげん》は、先に奉行所に行かせ、待たせてある。

軍兵衛の顔を見ると、島村恭介が手招きをした。

「どうだ？　何か、変わりは」

「何もございません。静かな朝でございました」

加曾利孫四郎と小宮山仙十郎が、年番方与力《ねんばんかたより》の詰所に呼ばれた。ふたりも、出仕する前に《小助》の見張り所に寄っていた。

「何も、それらしき気配はございませんでした」

「やはり、押込みは明日らしいな？」

島村は、壱万両にこだわっていた。

三年かけた仕事が、僅か一日の差で六千両が壱万両になるのである。

「どう考えて見ても、明日であろう？」

島村には確証に似た思いがあった。

これまでの夜泣き一味の押込みの人数は、十五、六人程だった。

まだ六、七人の者の所在が分からなかった。

それが、分からないだけなのか、それとも今回の務めは十人で行なおうとしているのか。

「いずれにせよ、今日明日のことだ。知らせを受け次第、駆け付けるよう手筈は整えておくゆえ、見張りの方を頼むぞ」


雨で仕事にあぶれた職人どもで、《小助》は朝から混雑を極めた。

その間の人の出入りは、顔が傘に隠れて、どこの誰だか分からなかった。

「誰か」と義吉が言った。「飲みに行かせやしょうか」

「気取《けど》られたら、すべてが水の泡だ」銀次が答えた。「我慢しよう」

《小助》に入った人数と出た人数を注意深く数えていたが、少しずつ食い違いが出て来ていた。

「何人、合わねえ？」

銀次が、忠太に訊いた。

「今のところ四、五人だろうと思いやすが、傘でよく見えない時もありましたので……」

「しゃあねえな」

銀次は細く開けた障子の陰から、雨に降り込められている《小助》を見下ろした。

《小助》の二階でも、細く開けた障子から、外を見ている男がいた。夜泣きの惣五郎である。

お務めは夜更けに限り、お店の者はひとりとして生かしてはおかぬ非情な遣《や》り口から、夜泣きの名を貰って、三十年近くになる。西国に始まり、大坂、江戸、また大坂、江戸と務めを繰り返して来たが、周到な下調べと完璧《かんぺき》な逃げ道を作ってから押し込むという手堅い務めが幸いしてか、未だにお縄にならずに過ごしていた。

「ありがたいことよ」

惣五郎は、掛け軸のような細長い江戸の町に、ゆったりと微笑《ほほえ》み掛けた。

「雨は、いいねえ。戸を立てさせ、物音を消し、町から人通りをなくしてくれる……」

惣五郎は、煙管を灰吹きに叩き付け、新しい刻みを雁首《がんくび》に詰めた。

「それにしても、美味《うま》いねえ、この《春霞》は」

火を点《つ》け、煙を深く吸い込み、窄《すぼ》めた唇の先から吐き出した。煙が、障子の隙間から江戸の空へと逃げた。

「どうだい？」

と惣五郎が、儀十に《国府屋》の様子を尋ねた。

「菰《こも》を被せた荷車が、墨染めに守られて庭に入って行ったということです」

「順調のようだね」

「へい」

「あの、何と言ったかね、八丁堀の……」

「へい？」

「四年前のお務めの時、頬をざっくりと斬《き》ってやった……」

「軍兵衛、鷲津軍兵衛でございやす」

「今回は、引導を渡してやろうと思ったけど、無理のようだね」

「結構なことじゃありやせんか」

「嬉《うれ》しくもあり、寂しくもありってところかね」

「お頭、贅沢ってもんですぜ」

惣五郎が、鳩《はと》のような笑い声を上げた。儀十は、押込みの成功を確信した。

暮れ六ツ（午後六時）の鐘が鳴った。

三十六見附の御門の大扉が閉じられる刻限だった。

雨は、まだ降り続いている。白く煙《けぶ》っていた家並みが、闇《やみ》に呑《の》まれようとしていた。

四ツ（午後十時）には町木戸が、九ツ（午前零時）には三十六見附の御門の小扉が閉じられ、江戸は深い眠りに落ちる。それまでに、まだ三刻（六時間）あった。

奉行所に戻っていた軍兵衛が、中間に大きな荷物を担《かつ》がせて帰って来た。

ひとつは晩飯と夜食の、握り飯と煮付けだった。

もうひとつからは、鎖《くさり》の音がした。千吉が受け取り、二階に運んだ。

「御苦労だったな」

軍兵衛は、中間を奉行所に戻すと、二階に上がった。

「今夜ってことは、ねえでしょうね」

留松が、軍兵衛に訊いた。

「分からねえよ」軍兵衛が、真顔で答えた。「島村様も明日だ、と決め付けているからな、御蔭《おかげ》で今夜の目が出て来たかも知れねえぜ」

「もし今夜だとしたら……」

「四刻（八時間）後だ」

交替で眠ることにした。

「泥縄にならねえよう、起きたら身に着けて貰うぜ」

麻袋の口を開けた。中には、鎖帷子《かたびら》や、籠手《こて》に脛当《すねあて》、鎖入りの鉢巻きが入っていた。同心《どうしん》の出役《しゅつやく》用のものだった。

「これを、あっしらが着けても、よろしいんで？」

「構《かま》わねえ。俺にしても、四年前の二の舞は御免だ。寒くなると傷口が痛みやがるしな」

「へい」

千吉らに、緊張が奔《はし》った。

「おっと、新六」軍兵衛が、言った。「お前は、着けなくていいぞ」

「えっ」

新六が闇の中で、息を呑んだ。

「お前は押込みだと分かったら、直《ただ》ちに奉行所に走れ。走り始めて三町《ちょう》（約三百三十メートル）もしたら、後は着くまで呼子《よびこ》を吹き鳴らし続けるんだ。いいな」

「分かりやした……」

「こんなことは」と千吉が言った。「生涯に一度か二度しかねえぞ。しくじるなよ」

新六の返事が裏返った。留松が、新六の背を叩いた。

先《ま》ず青菜の煮物で握り飯を食べた軍兵衛と留松が、隣の小部屋で横になった。

一刻半の後起こされ、千吉と新六に代わった。

九ツ（午前零時）の鐘が鳴り、留松が起こしに行った。間もなくして、千吉と新六が起きて来た。

尤《もっと》も、新六は横になっていただけで、一睡《いっすい》もしていなかった。

「何かが起こるとすれば、ここ一刻の間だ。気を張っていてくれよ」

雨は既に熄《や》んでいた。軍兵衛は、暗い通りに目を凝《こ》らした。

四半刻が過ぎ、半刻が経った。通りの向こうで、何かが動いた。その方向に、船荷を積み降ろす荷揚げ場があった。夜泣き一味は、三十間堀を小舟で来たのだ。

黒い影が湧《わ》き上がった。影はそのまま、波のように寄せて来た。

「来やがったぞ」

軍兵衛が小さく叫んだ。

「新六、裏から出ろ。千吉と留松は、脇差《わきざし》を使え」

己の脇差と予備の脇差を千吉と留松に渡した。

「斬り殺しても構わねえ。行くぞ」

新六が飛び出した。軍兵衛と千吉と留松は、裏口を出ると表に回った。

黒い影が、《国府屋》の前に居並んでいた。数は十五。

影のひとつが、《国府屋》の潜り戸の前に屈み込んだ。

「夜泣きの惣五郎、久し振りだな」

軍兵衛の声が、闇の中に響いた。十五の影の動きが止まった。凍《こお》り付いている。

「四年振りか、随分と待たせてくれたじゃねえか」

影の群れが、声の主を探して揺れ騒いだ。

「どっちを見ているんでえ、鈍《にぶ》い奴どもだな」

「どけ」影が割れ、中からひとつの影が進み出て来た。「誰でえ？」

惣五郎が闇に向かって叫んだ。

「北町奉行所臨時廻り同心・鷲津軍兵衛。年は取りたくねえもんだな、見忘れたか」

「何を」

惣五郎を囲むようにして飛び出して来た影が、刀《かたな》を抜いた。

「また、こんな形で会おうとはな……」

手の者だけを味方に、夜泣き一味と向き合う。四年前と同じだった。違ってい
るのは、羽織《はおり》に着流し姿ではなく、鎖で固めていることだった。

軍兵衛の出立《いでた》ちに気付いた惣五郎が、そっと辺《あた》りを見回した。

「支度が出来ているってえことは？」

「何もかも、ばれていたのよ。泳がせていた身にもなってくれよ。疲れたぜ」

惣五郎の咽喉が、ぐうと鳴った。

「嫌に何事もなく進むと思っていたら、この有り様かい……」

惣五郎の目が、太刀《たち》の光を映して光った。

「俺がぬかったのか、裏切りか、どっちでえ？」

「誰も裏切っちゃいねえよ。それどころか、隙のねえいい子分衆だ」

「それだけ聞けば十分だ」

「おとなしく、お縄に付いて貰おうか」

惣五郎の目が、再び辺りを探った。

「おかしいじゃねえか。ばれたにしては、お仲間の姿が見えねえってのは、どういう訳だ？」

夜泣き一味の者どもが騒《ざわ》ついた。確かに、誰もいねえ。

勢いを得た一味が、軍兵衛らを取り囲もうとした時、暗く静まり返った町屋の彼方《かなた》から呼子が聞こえた。それは、途切れることなく、鳴り続けている。

犬が呼子に応じて吠《ほ》え始めた。町から静けさが消えた。

「直ぐに現われる。待たしゃしねえよ」

「畜生《ちくしよう》」

惣五郎は頰被りを毟《むし》り取ると、手下どもに叫んだ。

「新手《あらて》が来る前に片付けちまえ」

影が三つに割れた。ひとりを四人で囲み、呼気を合わせて斬り付ける。かつて軍兵衛は背後からの突きを躱《かわ》し損《そこ》ね、頰に深傷《ふかで》を負ったのだった。

「膾《なます》に斬り刻め」

惣五郎の声に煽《あお》られ、手下どもの手の中で刃《やいば》が閃《ひらめ》いた。間合が詰まった。影の足が、じりりと前に出た。それより一瞬早く、軍兵衛が背後の影に斬り掛かった。

影が飛び退《の》いた。追うと見せて、軍兵衛の太刀が翻《ひるがえ》り、正面を襲った。影の輪が崩れた。軍兵衛が強引に前に出た。影が後手に回った。軍兵衛の太刀が、ひとりの影の手首を斬り落とし、もうひとりの影の太股《ふともも》を抉《えぐ》った。

「二度と同じ手は食わねえよ」

軍兵衛は吐き捨てるように言って、千吉と留松を探した。千吉は塀を背にし、留松は転がりながら影の刃から逃げ回っていた。

転がって躱すのには限度があった。影の刀が、留松の背と腹に嚙み付いた。着込んだ鎖の上を、刃が滑っている。

「刺せ」

惣五郎が、手下に命じた。

「取り囲んで、同時に刺せ。奴らは三人。囲めば、こっちのものだ」

「七人だ」

夜泣き一味の背後から、小宮山仙十郎の声がした。銀次と義吉もいた。遠く、常夜灯の明かりを背にして駆けて来る加曾利孫四郎が見えた。足がもつれている。

「鷲津さん、お待たせしました。《小助》の父子をふん縛《じば》っていたので遅れました。加曾利さんも直ぐ来ます」

　仙十郎を中にして、左右に銀次と義吉が散った。義吉は、己の正体を気取られないようにと、目深《まぶか》に頬被りをしている。正体を知られた上に、夜泣き一味のひとりでも取り逃がせば、町方の狗《いぬ》に成り下がったと命果てるまで狙われることになるからだ。

「さあ、どうする？」

　軍兵衛が、大声を発した。

「まったくもって気に入らねえな。押し入る段になって、こんなことになっちまってよ」

「年貢《ねんぐ》の納め時だな」

「冗談じゃねえぜ」

　惣五郎が儀十を呼んだ。

「こうなりゃ仕方ねえ、手前《てめえ》はお時を連れ出して来い」

「お頭は？」

「いいから、行け。手前の女だろうが」

「お頭、先に逃げて下さい」

「くどくど言うねえ。この惣五郎が、八丁堀風情《ふぜい》に引けを取る訳がねえだろう」

儀十は尚《なお》も言い募ろうとしたが、意を決したのか、《国府屋》の潜り戸を蹴破《けやぶ》り、中へ走り込んでいった。

惣五郎が手下どもに怒鳴った。殺せ。

「それが、手前らが生き残る唯一の道だ」

影が弾《はじ》けた。

「悪あがきしやがって」

軍兵衛は大きく足を踏み出しながら、一味の動きを睨《ね》め回した。

舟目指して駆け出した者が、仙十郎らと斬り合いになっている。白刃が鳴り、火花が散った。銀次と義吉が、ふたり掛かりになって十手《じって》を賊の頭や肩に叩き込んでいる。額が割れ、血達磨《ちだるま》になって、賊のひとりがぶっ倒れた。義吉も腕に刃を受けたのか、片袖《かたそで》から血が滴《したた》り落ちている。義吉の背後に忍び寄った賊を、追い付いた加曾利が叩き伏せた。

「汚《きたね》え奴だ」

仲間が倒されるのを見ていた賊が、長脇差を腰に矯《た》め、仙十郎に突っ掛かった。

仙十郎は、刃が届く寸前まで引き付け、躱し、小手を打ち据えた。右腕の肘《ひじ》と手首の間がくの字に折れ、白い骨が飛び出した。

「逃がすか」

留松を蹴倒して江戸の闇に紛《まぎ》れ込もうとした者が、千吉に追い付かれ、組み敷かれている。留松が賊の手首を踏み付け、匕首《あいくち》を脇差の峰《みね》で弾き飛ばした。賊が留松を睨《にら》み上げ、悪態を吐いた。留松が賊の顎《あご》を蹴り上げた。そこに至り、留松は額から流れ落ちている血に気が付いた。血を横殴りに拭《ふ》き取った。

「待て」

惣五郎を追い掛けようとした軍兵衛に、影が斬り掛かって来た。難無く躱して斬り倒し、更に追った。惣五郎が立ち止まり、振り向いた。

「慌てるねえ、相手になってやらあ」

惣五郎が足指をにじった。

「手前は斬らねえ。今までの悪事を、償《つぐな》って貰わにゃならねえからな」

「置きやがれ」

人を斬り慣れている太刀筋だった。鋭い。

惣五郎の目が、微かに右と左に振れた。左右背後の死角から、ふたりが斬り掛かって来た。と同時に、正面から惣五郎の突きが来た。

（その手は食わねえって言っただろうが……）

軍兵衛は惣五郎に目を向けたまま、背後に飛び、転がりざまにふたりの賊の足を斬り払った。ふたつの足首が飛び、血が噴いた。賊が転げ回っている。軍兵衛は素早く跳ね起きた。

惣五郎の目が、怒りに燃えた。

突きに続いて、太刀を横に払った。

軍兵衛は躱して、惣五郎の体を泳がせると、柄《つか》を握る右手指に太刀を叩き込んだ。惣五郎の指が三本、千切《ちぎ》れて飛んだ。

右手を抱えてうずくまろうとした惣五郎の肩に太刀を打ち付けた。

惣五郎が白目を剝《む》いて、背から倒れた。

留松が、走り寄って来た。

「ふん縛っておけ」

儀十を探した。

お時の手を取り、舟の荷揚げ場の方へ駆け出していた。

その行く手に、御用提灯《ごようぢょうちん》の花が咲いた。通りを埋め尽くす提灯の数に、儀十とお時の足が止まった。

「観念せい」

仙十郎が、叫んだ。

お時が儀十の顔を見た。白い横顔が引き攣《つ》っている。

儀十がお時の耳に何事か囁《ささや》いた。

お時の頬に笑みがよぎった。儀十も歯を見せている。お時が目を閉じた。

儀十の長脇差がお時の胸を貫《つらぬ》いた。崩れ落ちたお時を見下ろしながら、儀十が首筋を掻《か》き斬った。噴き出した血が、お時を朱《しゅ》に染めた。

「兄《あに》ィ」

叫んで儀十の傍《かたわ》らに駆け寄った賊のひとりが、儀十とお時の最期を見届けると、喚《わめ》き声を上げて、仙十郎に向かって斬り掛かった。駒越の常七だった。

常七は仙十郎の刃を二度躱したが、三度目は躱し切れず、膝《ひざ》から地に落ちた。

御用提灯が取り囲み、縄が打たれた。

堀端で、荷揚げ場で、《国府屋》の前で、血だらけになった賊が捕えられている。

「逃げた者はおるのか」

島村恭介の声が、聞こえて来た。加曾利孫四郎か仙十郎に訊いているのだろう。

「手傷を負うた者は……」

仙十郎が律義《りちぎ》に答えている。島村の声が、徐々に近付いて来た。

「終わりやしたね」

と千吉が、東の空を見ながら言った。

「終わったな」

と軍兵衛が、刀を鞘《さや》に納めながら答えた。

三

夜泣き一味の大捕物から二か月が経ったある日――。

火附盗賊改方《ひつけとうぞくあらためかた》同心・土屋藤治郎が、鷲津軍兵衛を訪ねて北町奉行所に現われた。

七ツ（午後四時）を回っていた。務めの終わる刻限を見計らっての来訪であった。

「飲みますか」

「そのつもりで参りました」

藤治郎とは、火盗改方《かとうあらためかた》の長官・松田善左衛門を役宅に訪ねて以来になる。

村越左近将監の次男・源次郎に関する話であることは、容易に想像が付いた。

千吉が女房のお繁にやらせている小網町の《千なり》へ案内した。

「二階を借りるぜ」

板場で真似事をしていた千吉が、二階にすっ飛んで来た。

「御無沙汰《ごぶさた》をいたしておりやす」

千吉は、藤治郎に矢傷の手当を受けた佐平の治り具合を話し、礼を述《の》べた。

「結構な御見舞金を頂戴《ちょうだい》しましたもので、旨《うま》いものを食い、安房の潮風に吹かれて養生いたしておりやす。追っ付け、江戸に戻って参りやすので、その時は盛大に野郎持ちで快気祝いをいたしますので、お越し下さいやし」

「それは楽しみですな」

口とは裏腹に、藤治郎の顔から徐々に笑顔が引いて行った。

「旦那、お酒は後にいたしやしょうか」

「そうだな、呼ぶまでは、待ってくれ」

「承知いたしやした」

千吉が階下へ降りるのを待ち、

「どうも、顔に出る質《たち》なので」

と藤治郎が、頬を摩《さす》った。

「何があったか、話して下さい。そのために、他人《ひと》に聞かれる恐れのない、ここに来たのですから」

「分かりました。村越家に関することですが」

あれから、実にいろいろとあったのです、と藤治郎が言った。

頃合《ころあい》を見て松田善左衛門が、火盗改方の長官としてではなく、同じ旗本《はたもと》のひとりとして、左近将監を四ツ谷御門外の屋敷に訪ねた。そこで、市中の噂《うわさ》として耳にした次男・源次郎の非道が事実か否かを尋ねた。

旗本家の者が、そのようなことをする筈がないではないか。左近将監は、言下《げんか》に否定した。

その日は引き下がった善左衛門だったが、日を改めて左近将監を訪ね、村越家にある矢と射殺《いころ》された者から抜き取った矢が同じ物であり、しかも矢を射るのに使ったと思われる特殊な弓・弩《ど》を源次郎が使っているところを見た者がいることを伝えた。

用人《ようにん》・脇坂久蔵が火盗改方の役宅に出向いて来たのは、善左衛門の再訪の翌日のことだった。

源次郎が前途ある身であること。

源次郎の兄も、重要な御役に就いていること。

また、源次郎の妹が、秋口には大身《たいしん》旗本の嫡男《ちゃくなん》に嫁《とつ》ぐこと。

これらのことを鑑《かんが》み、何とか胸に納めてはくれまいか、と山吹《やまぶき》色の手土産を持ち、懇願に現われたのである。

魚売りには何の落度《おちど》もなかった。にもかかわらず、冥土《めいど》に送られてしまったのだ、と善左衛門は答えた。

――たった一本の矢のためにな。それでも、胸に納めろと申すのか。

――遺《のこ》された方々の暮らしが立ち行くよう、村越の家が責任を持ちますれば、何《なに》卒《とぞ》。

――遅いんだよ。遺された女房も死に、赤子もどこかに預けられたって話だ。それでもまだ、源次郎を庇《かば》おうってのか。手土産なんぞいらねえ、持ち帰れ。

脇坂の肩ががくりと落ちたのを、善左衛門は見逃さなかった。

――儂《わし》としたことが、しくじった。もう二度と金は拝めねえぞ。

――殿には、金子《きんす》などをお受け取りになる気など、初めからなかったのではございませぬか。

藤治郎の問いに、善左衛門は笑って答えたらしい。
――己の身を肥《こ》やすためではないが、あの同心は棒手振《ぼてふり》の女房のために金を貰ってやったからな。それでよしとするしかねえか。とは言うものの、今度持って来られたら、俺も弱いからな。

数日待ったが、村越家からの届け物は何もなかった。
――しゃあねえな。目付《めつけ》を喜ばしただけか。

目付には、先回りをした村越家から届け物がされていたらしい。善左衛門は、若年寄に訴え出た。火盗改方も目付も西丸留守居《にしのまるるすい》も、すべて若年寄支配である。賄賂《わいろ》が罷《まか》り通る風潮を苦々《にがにが》しく見ていた若年寄は、自らの政《まつりごと》に濁《にご》りのないことを示すため、厳罰をもってことに臨んだ。

「殿の仰《おお》せによると、屋敷替えに、家禄《かろく》もどれくらいかはまだ分かりませぬが、減ることになるそうです。また左近将監と兄の御役御免は免《まぬが》れぬ、という話です……」

「それはまた、随分と厳しい御沙汰《ごさた》ですな」

軍兵衛にしても、そこまで罪科を問われようとは思っていなかった。

「矢を射た方向が悪かったのだ、と殿は仰せになられておられました」

四ツ谷御門の向こうは半蔵御門であり、その先にあるのは千代田の御城である。つまり、源次郎は御城に向かって矢を放ったことになったのである。

「そう言えば……」

善左衛門は軍兵衛から話を聞いた後、魚売りがどこで射殺されたかを聞き、四ツ谷御門外であることに意を強くしたようなところがあった。あの時には、切り札として、方角のことを思い付いていたのだろう。

軍兵衛は思いを新たにして訊いた。

「して、当の源次郎は？」

「それなのですが、どこかに御預けになる筈だったのですが」と言ってから、眉根を寄せた。「腹を切った、と聞いております」

夜道を、とんでもない速度で逃げて行った源次郎の後ろ姿と足音を思い出した。

「当然かとも思うが、哀れにもなりますな」

「それで、参ったのです」

「………………」

「介錯《かいしゃく》をしたのが、脇坂久蔵なのです」

脇坂は、何か思い詰めたかのように、青ざめた顔に目だけを光らせていたらしい。

「聞いたところによりますと、源次郎が幼少の頃より仕《つか》えていたようで、我が子か弟のように可愛《かわい》がっていたとか。それゆえ、源次郎を死に至らしめる因を作った軍兵衛殿は、狙われるやも知れませぬ。そのことを知らせておくようにと、殿が仰せになられたのです」

「軍兵衛が礼を申していた、と殿様に宜《よろ》しく伝えて下され」

軍兵衛は、膝に手をのせ、小さく一礼した。

「御役目柄、御無理かも知れませんが、当分の間は夜道など出歩かれぬ方がよろしかろうかと」

「それでは御役目を果たせません」

「柳条流を侮《あなど》ってはなりませぬぞ」

「侮る余裕などありませんよ」

掌《てのひら》を開いて見せた。木刀の素振《すぶ》りで出来た胼胝《たこ》が並んでいた。

「稽古《けいこ》をなさっておられるのですね」

「ちいと訳が出来て、まだ死ねなくなってしまったのです」

「どのような理由かは伺《うかが》いませぬが、命に未練があるのはよいことかと存じます」

「そうかも知れませぬな」

「はい」

藤治郎が、伝え終えた安堵《あんど》感からか、ゆるやかな笑みを見せた。

「では、飲みますか。下でやきもきしてるだろうから呼んでやりましょう」

軍兵衛が手を叩いた。


軍兵衛は、お糸が殺された後、ひとり遺された与助とお糸の子供をどうするかで、思い悩んでいたことがあった。

孤児は、寺に入れるか、里子か養子に出すのが、習いだった。

だが、父を理不尽に殺され、母もまた幸《さち》薄く死なれた幼子の行く末が、案じられてならなかったのだ。

《伊兵衛長屋》の隣人の好意に甘え、預かって貰っている間に、軍兵衛は妻女のお栄に相談した。

——年端《としは》も行かねえうちから、苦労させたくねえ。

お栄の返事は、軍兵衛の心を見抜いたものだった。

——女の子を育ててみたいと思っておりました。

——そうかい。

——その代わり、一度貰うと決めた以上、何があっても手放しませぬ。その御覚悟をお忘れになりませぬよう。

——分かった。

お栄の中にある激しさにたじろぎながら、軍兵衛は与力組屋敷に島村恭介を訪ねた。

——御新造にそれだけの覚悟があれば、よいだろう。

島村家に中間として長く仕えていた者が、年老いて板橋宿《いたばし》の宿外れに住んでいた。

その家《や》に預け、貰い乳をして育て、乳離れをしたところで島村家の養女にし、更に鷲津家に入れるという方法を取ることにした。その頃には、魚売りと女房の一件は忘れ去られており、赤子と結び付ける者など誰もいないだろうという配慮もあった。

これから半年以上、お栄を板橋宿に通わせ、赤子に慣れさせせねばならなかった。

自ら望んだことではあったが、面倒なことでもあった。

——お鷹《たか》。

とお栄は、勝手に赤子を名付けてしまっていたのだが、

——お鷹が嫁に行くまで、死なれては困りますからね。危ない真似はお慎《つつし》みになって下さいましね。

よい足枷《あしかせ》が出来たと思っているのだろう、お栄の口癖になり始めていた。

そのような折に、藤治郎が脇坂久蔵の話を持って訪れて来たのだった。

（どうしても、勝たねばならなくなったか……）

軍兵衛は、朝に晩に、更に力を込めて木刀を振った。

四

土屋藤治郎と会って、十日が経った。

千吉らを伴《ともな》って自身番に出向いた帰り、眼光の鋭い武士が、通りの中央に立ち、軍兵衛らを見据えていた。脇坂久蔵だった。

行き交う人々は、足を竦《すく》ませ、道の隅に寄っている。

「お主は、くずだ」と脇坂が、瞬《まばた》きもせずに言った。「金を強請《ゆす》り、その上で源次郎様を火盗改方に売った」

「だから、どうした？」

「斬る」

「御役目柄、果たし合いは出来ぬのだ」

「知ったことか」

「しかし、襲われたら話は別だ。身を守るためには、立ち合わねばならぬ」

「ならば、守ってみせい」

「ここでは、出来ねえよ」

軍兵衛が四囲《しい》を見回した。町屋の者が、ぐるりを取り囲むようにしていた。

「怪我人《けがにん》を出したくねえ。日を改めたいが、どうだ？」

「逃げる気か」

「逃げるなら、疾《と》うに逃げている」

「果たし合いになるのだぞ。よいのか」

「その日その時、偶然その場を通り掛かったことにすればよいだろう」

脇坂の目の下が小刻みに動いた。

「承知した。日付と刻限を聞こう」

「そうよな……」

軍兵衛は懐紙《かいし》と矢立《やたて》を取り出すと、明日、六ツ半（午前七時）、鉄砲洲《てっぽうず》浪除《なみよ》け稲荷《いなり》の南、船見ケ原《ふなみがはら》と書いて、脇坂に渡した。

「どうだ？」

「いいだろう」

「どっちが勝つのだ？」

「勿論《もちろん》私だ、腕が違う」

「ならば、こいつを」と言って、千吉に目を遣り、「連れて行ってもいいか。俺の骸《むくろ》を野晒《のざら》しにする訳にも行かぬでな」

「勝手にせい」

脇坂は懐に手を仕舞うと、くるりと背を向けて、歩き去って行った。

袴《はかま》と羽織に皺が寄っていた。禄《ろく》を離れたのだろう。

（意地か……）

「旦那ア」

千吉の声が上擦《うわず》っている。

「狼狽《うろた》えるな。勝負ってのはな、終わってみなけりゃ分からねえもんだ」

「でも……」

「それよりも、このこと、誰にも言うなよ」

「分かりやした」

千吉が留松と新六に、念を押した。

軍兵衛は、奉行所への道を、黙って歩いた。行き過ぎる人々の顔が、姿が、影絵のように流れて行った。死者の群れに見えた。

（危ねえな）

軍兵衛は背帯に差した十手を取り出し、握り締めた。ひやりとした鉄肌が心地よく感じられた。

（一瞬か……）

火盗改方の長官・松田善左衛門に教えられた、己より強い相手に勝つ方法だった。

これしかねえか。自らに呟《つぶや》きながら、足をぐいと踏み出した。

詰所に顔を出してから、組屋敷に戻ってみると、お栄も竹之介もいなかった。お鷹のいる板橋宿に、泊り掛けで出掛ける日だったことを思い出した。

千吉らを帰し、米を研《と》いだ。

いつもならば、朝炊いた飯があるのだが、夕餉《ゆうげ》は外で済ますからと今朝は朝の分しか炊かなかったのだ。

釜をのせ、竈《かまど》に藁《わら》をくべ、火を点けた。炎が熾《おこ》った。細く割った木《こ》っ端《ぱ》を入れ、次いで太い薪《まき》を置いた。火が燃え移り、釜の尻を嘗《な》めている。

薪の束に腰を下ろし、火吹き竹を手にして、火を見詰めた。

炎が渦を巻き、薪が火の塊となった。

蓋《ふた》が騒ぎ始めた。米の炊けるにおいがした。

漬物壺《つぼ》を覗いた。青菜の塩漬けがあった。水で洗い、細かく切った。

それで十分だった。

膳《ぜん》に飯茶碗と箸《はし》と漬物を置き、飯が炊けるのを待った。

障子が朱に染まり掛けている。夕日が落ちる。

軍兵衛は障子を開け、西の空を見た。赤くきれいに焼けていた。

明日はよい天気になるのだと思った。


六ツ過ぎに、木戸門を出ると千吉がひとりで迎えに来ていた。

組屋敷から鉄砲洲までは、ごく僅かだ。

堀に沿って東南《たつみ》の方向に下った。稲荷橋を渡り、浪除け稲荷を通り過ぎたところに船見ケ原はあった。

稲荷橋を渡る手前で、軍兵衛が千吉に言った。

「済まねえが、お前の十手を貸してくれ」

「ようございますが……」

軍兵衛は千吉の十手を懐の奥に入れてから、ぐいと帯に差し込んだ。

脇坂久蔵は既に来ていた。

「早いな」

「よう来た。褒《ほ》めてくれる」

脇坂が、腰の刀に手を掛けた。

「待て」

軍兵衛が押し止《とど》めた。

「臆《おく》したか」

「そうではない。聞き忘れていたことがあるのだ」

何だ？　申せ。脇坂が右手を刀の柄から離した。

「何ゆえ、あの風の日に矢を射たのだ？」

「鴉《からす》が松の枝先に留まっていたのだそうだ」

「それを射落とそうとしたのか」

「そうだ」

「たかが鴉を射落とそうとして、弩を？」

軍兵衛の口から、失笑が漏れた。

「その一本の矢のために、父と兄が御役御免となり、己は腹を切ったのか」

駄目だ、と軍兵衛が言った。救いがねえや、そりゃ腹でも切らねば申し訳が立たねえや。

「死者を、源次郎様を、愚弄《ぐろう》いたすのか」

「仕方ねえだろう。あんただってそう思うだろうが」

「黙れ、黙れ、黙れ」

脇坂久蔵の形相《ぎょうそう》が変わった。血の気が引き、蒼白《そうはく》になっている。

（いけね、怒らせ過ぎた……）

軍兵衛は右手を宙に浮かせ、足指に力を込めた。

刀の柄に手を掛け、脇坂が走り始めた。腰が沈み、滑るような走りだった。刀を抜いた。脇構えになり、刀身が背後に回った。白刃が見えない。

瞬く間に間合が詰まった。白刃が地を掠《かす》め、飛燕《ひえん》のように翻《ひるがえ》った。

切《き》っ先《さき》が光の筋となって、軍兵衛を襲った。

鋼《はがね》の嚙み合う音がした。軍兵衛が左逆手《さかて》で引き抜いた十手が、白刃を食い止めたのだ。

「何！」

脇坂が十手を振り解《ほど》こうとした。目が合った。暗い目の底で、憎悪《ぞうお》がたぎっている。

「これまでだ」

軍兵衛は、脇坂の胸板目掛けて脇差を突き出した。脇坂の唇の両端が吊り上がった。

（笑った、のか……）

軍兵衛の背に冷たいものが奔った。

脇坂が強引に太刀を振り上げた。突きは躱され、逆手に持っていた十手は、太刀を振り上げられた拍子に弾き飛ばされた。勢いに圧《お》され、軍兵衛の体が僅かに泳いだ。見逃す脇坂ではなかった。

「覚悟」

脇坂が再び、右足を引いた脇構えから、唸るような《草刈》を繰り出した。軍兵衛には《草刈》を刃で受け止める余裕などなかった。脇坂の太刀が、軍兵衛の左脇腹に食い込んだ。

痺《しび》れるような痛みが、一瞬軍兵衛の呼気を止めた。

軍兵衛の耳から音が消え、脇腹が火と燃えた。

殺られた。思った次の瞬間、咽喉を風が通った。笛のように鳴った。

脇坂の目に驚愕が奔った。肉を断つ手応えがない。刃が封じられている。軍兵衛の脇腹を見た。裂けた着物の隙間から、何か光るものが見えた。

軍兵衛を仰《あお》いだ。右手が振り上げられていた。

「あばよ」

軍兵衛が、渾身の力を込めた一刀を、脇坂の肩に叩き付けた。

脇坂の口から、夥《おびただ》しい血の塊が迸《ほとばし》り出た。

「悪いな。お前さんに勝つには、怒らせるしかなかったんだ」

軍兵衛が懐に手を入れ、着物の中から帯に差していた千吉の十手を取り出した。

太刀を受け止めたところが、僅かに曲がっている。

脇坂が声を絞り出した。

「汚いぞ。八丁堀」

「そいつは、褒め言葉だぜ」

脇坂久蔵が軍兵衛の足許に崩れ落ちた。

「旦那ァ」

千吉が駆け寄って来た。涙が横に走っている。

「泣くな、みっともねえ」

千吉が袖で目許を拭《ぬぐ》った。

「後は頼めるか」

「へい」

軍兵衛は、脇差を懐紙で拭うと湯屋に向かった。熱い風呂に浸《つ》かり、ただ凝《じ》っとしていたかった。

夕方組屋敷に戻ると、お栄と竹之介が帰宅していた。土産に貰った葉物と根物が、厨《くりや》に山のように積まれていた。飛び出して来た竹之介が、

「父上、お鷹が笑いました」

と嬉しそうに言った。

「そうか、笑ったか」

どんな笑顔なのか、軍兵衛も見てみたいと思った。

注・本作品は、平成十七年八月、ハルキ文庫（角川春樹事務所）より刊行された、『風刃の舞　北町奉行所捕物控』を著者が加筆・修正したものです。

一〇〇字書評

切り取り線

購買動機（新聞、雑誌名を記入するか、あるいは○をつけてください）

□（　　　　　　　　　　　　　　）の広告を見て	
□（　　　　　　　　　　　　　　）の書評を見て	
□ 知人のすすめで	□ タイトルに惹かれて
□ カバーが良かったから	□ 内容が面白そうだから
□ 好きな作家だから	□ 好きな分野の本だから

・最近、最も感銘を受けた作品名をお書き下さい

・あなたのお好きな作家名をお書き下さい

・その他、ご要望がありましたらお書き下さい

住所	〒				
氏名		職業		年齢	
Eメール	※携帯には配信できません		新刊情報等のメール配信を 希望する・しない		

この本の感想を、編集部までお寄せいただけたらありがたく存じます。今後の企画の参考にさせていただきます。Eメールでも結構です。

いただいた「一〇〇字書評」は、新聞・雑誌等に紹介させていただくことがあります。その場合はお礼として特製図書カードを差し上げます。

前ページの原稿用紙に書評をお書きの上、切り取り、左記までお送り下さい。宛先の住所は不要です。

なお、ご記入いただいたお名前、ご住所等は、書評紹介の事前了解、謝礼のお届けのためだけに利用し、そのほかの目的のために利用することはありません。

〒一〇一－八七〇一
祥伝社文庫編集長　坂口芳和
電話　〇三（三二六五）二〇八〇

祥伝社ホームページの「ブックレビュー」からも、書き込めます。
http://www.shodensha.co.jp/bookreview/

祥伝社文庫

風刃《ふうじん》の舞《まい》　北町奉行所捕物控《きたまちぶぎようしよとりものひかえ》

平成30年2月20日　初版第1刷発行

著　者　長谷川《はせがわ》　卓《たく》

発行者　辻　浩明

発行所　祥伝社《しようでんしや》

東京都千代田区神田神保町3-3

〒101-8701

電話　03（3265）2081（販売部）

電話　03（3265）2080（編集部）

電話　03（3265）3622（業務部）

http://www.shodensha.co.jp/

印刷所　堀内印刷

製本所　ナショナル製本

カバーフォーマットデザイン　中原達治

Printed in Japan ©2018, Taku Hasegawa　ISBN978-4-396-34395-8 C0193